Le voleur de cadavres

et quatre autres nouvelles

COLLECTION LA CRÈME DU CRIME

Robert Louis Stevenson

Le voleur de cadavres

et quatre autres nouvelles

Une collection réalisée pour Ouest-France par Sol 90 Publishing

Graphisme et maquette

Cases i Associats, S. A.

ISBN : 978-84-9820-891-7

Imprimé dans l'Union Européenne

Le voleur de cadavres
et quatre autres nouvelles

Robert Louis Stevenson

Le voleur de cadavres

Nous nous retrouvions chaque soir tous les quatre dans la petite salle du *George*, l'auberge de Debenham, le croque-mort, le tenancier, Fettes et moi-même. Nous étions parfois plus nombreux, mais qu'il vente, qu'il pleuve, qu'il neige ou qu'il gèle, nous étions toujours là tous les quatre, chacun enfoncé dans son fauteuil habituel. Fettes était un vieil Écossais alcoolique, sûrement très cultivé et assez aisé puisqu'il vivait dans l'oisiveté. Il s'était installé à Debenham depuis fort longtemps, alors qu'il était encore jeune et, se contentant d'y résider, avait fini par s'y faire accepter. Son vieux manteau râpé de laine bleue était devenu un monument historique au même titre que le clocher de l'église. Sa place chez *George*, son absence à la messe, sa piètre réputation, ses vices de vieille fripouille, tout cela était de notoriété publique à Debenham. Il soutenait quelques vagues opinions radicales et faisait preuve de fugaces infidélités dont il parlait parfois en martelant la table d'un poing vacillant. Il ne buvait que du rhum, cinq verres tous les soirs ; pendant la plus grande partie de la soirée au *George* il restait assis, son verre dans la main droite, dans un mélancolique état de satiété alcoolisée. Nous le surnommions le Docteur, car il semblait disposer de certaines connaissances médicales particulières : au besoin, en effet, on l'avait vu remettre une fracture ou une luxation. Mais hors ces menus détails, nous ne savions rien de lui-même ni de ses antécédents.

Par une sombre soirée d'hiver, alors que neuf heures avaient déjà sonné et que le tenancier venait de se joindre à nous, un homme tomba malade au *George*, un gros propriétaire des environs brusquement frappé d'apoplexie alors qu'il se rendait au Parlement ; on avait télégraphié à Londres pour dépêcher au chevet de cet illustre personnage un médecin encore plus illustre. C'était la première fois qu'un tel événement se produisait ici car la ligne de chemin de fer venait tout juste d'atteindre Debenham et notre émoi en était d'autant plus fort.

— Il est ici, dit le tenancier après avoir bourré et allumé sa pipe.

— Qui, « il » ? demandai-je. Le docteur ?

— Lui-même, répondit-il.

— Comment s'appelle-t-il ?

— Le docteur Macfarlane, répondit-il.

Fettes avait déjà bien entamé son troisième verre et était abruti par l'ivresse, tantôt dandinant la tête, tantôt regardant autour de lui d'un air hébété. Mais ce nom parut le réveiller ; il le répéta deux fois, assez doucement la première, mais avec une soudaine émotion la seconde.

— Oui, dit le tenancier, c'est bien cela : le docteur Wolfe Macfarlane.

Fettes dessoûla immédiatement. Il ouvrit grand les yeux, s'éclaircit la voix qui s'affermit soudain et se mit à parler avec force et gravité. Cette métamorphose, pareille à une résurrection, nous stupéfia.

— Désolé, dit-il, je crains de ne pas vous avoir bien entendu. Qui est ce Wolfe Macfarlane ?

Puis, après avoir écouté les explications du tenancier, il ajouta :

— Impossible, c'est impossible. Et pourtant, je voudrais bien le voir en personne.

— Vous le connaissez, Docteur ? demanda le croque-mort d'une voix tranquille.

— Jamais de la vie ! répondit Fettes. Mais pourtant ce nom n'est pas courant et ce ne peut être un homonyme. Dites-moi, tenancier, est-il âgé ?

— Eh bien, répondit l'hôte, ce n'est certes plus un jeune homme et il a les cheveux blancs, mais il fait plus jeune que vous.

— Il est plus âgé, pourtant, bien plus âgé. Mais c'est à cause de ce fichu rhum, tout ce rhum et tous ces péchés. Cet homme a peut-être la conscience tranquille et la digestion facile. Une conscience ! Écoutez-moi bien. Vous pourriez penser que je suis un bon chrétien comme tout un chacun ? Détrompez-vous. Je n'ai jamais joué les hypocrites. Voltaire, peut-être, s'il avait été à ma place ; mais ma cervelle ! – et il frappa bruyamment son crâne chauve – la cervelle, chez moi, était vive et active, et j'ai tout vu, sans me baser sur de simples déductions.

— Si vous connaissez ce docteur, lui demandai-je après un silence plutôt effrayant, il me semble bien que vous ne partagez pas l'opinion de ce cher tenancier à son sujet.

Fettes ignora ma remarque.

— Oui, c'est sûr, dit-il, l'air soudain résolu, Je dois le voir en personne.

Il y eut un nouveau moment de silence, puis une porte claqua au premier, et l'on entendit des pas dans l'escalier.

— Le voilà ! s'écria le tenancier. Ouvrez grand les yeux et vous le verrez parfaitement.

La petite salle du *George* était à deux pas de la porte d'entrée de la vieille auberge. Son grand escalier de chêne donnait presque directement sur la rue ; entre l'huis et la dernière marche, il n'y avait de place que pour un tapis turc, et rien d'autre ; mais chaque soir, cet espace réduit brillait de tous ses feux, non seulement grâce à la lumière de l'escalier et à la grande lanterne sous l'enseigne à l'extérieur, mais aussi de par la chaude lueur qui émanait de la fenêtre du bar. C'est ainsi que le *George* attirait les passants qui cheminaient dans la rue froide et sombre. Fettes s'approcha du seuil, et alors que nous étions en retrait, nous assistâmes à la rencontre en « face à face » de ces deux hommes. Le docteur Macfarlane était alerte et vigoureux. Ses cheveux blancs faisaient ressortir un visage à la fois pâle, placide et décidé. Il était richement vêtu de la plus fine des popelines et d'un lin immaculé, arborait une grosse chaîne de montre en or, tout comme ses boutons de col et ses lunettes. Il portait une cravate à larges plis, blanche à pois couleur lilas et, sur le bras, une confortable veste de voyageur en fourrure. C'était sans nul doute un beau vieillard qui respirait l'aisance et la considération ; quel étonnant contraste avec notre pilier de bar qui l'interpellait au pied des marches, chauve, crasseux, boutonneux et revêtu de son vieux pardessus de laine.

— Macfarlane ! s'écria-t-il, d'une voix plus claironnante qu'amicale.

L'illustre docteur s'arrêta net sur la quatrième marche, comme surpris par la familiarité de l'apostrophe et quelque peu froissé dans sa dignité.

— Toddy Macfarlane ! répéta Fettes.

L'homme de Londres faillit chanceler. Il examina pendant une fraction de seconde celui qui lui faisait face, jeta un regard apparemment épouvanté derrière lui, puis murmura, effrayé :

— Fettes ! C'est toi ?!

— Eh oui, répondit l'autre, c'est bien moi ! Tu m'imaginais mort, moi aussi ? On ne se débarrasse pas si facilement de ses amis.

— Chut ! Chut ! s'exclama le docteur. Chut ! Chut ! Cette rencontre est si inattendue – mais tu sembles être tombé bien bas. Je dois dire que, de prime abord, j'ai eu du mal à te reconnaître ; mais je suis ravi de cette occasion. Pour l'instant, nous devrons nous contenter d'un simple bonjour bonsoir, car mon fiacre m'attend, et je ne peux pas rater mon train ; mais tu dois... voyons... ah oui... tu dois me donner ton adresse et je t'enverrai rapidement de mes nouvelles. Je dois faire quelque chose pour toi, Fettes. Je crains bien que tu ne sois dans la gêne ; mais je vais y remédier, en souvenir du « bon vieux temps[1] », comme nous chantions jadis au cours de nos soupers.

— De l'argent ! s'écria Fettes. De l'argent de toi ! Celui que tu m'avais donné est toujours là où je l'avais jeté, sous la pluie.

En parlant, le docteur Macfarlane avait retrouvé une certaine supériorité et quelque autorité, mais la vigueur singulière de ce refus le renvoya à son désarroi premier.

Un regard horrible, affreux, parcourut son visage presque vénérable.

— Mon cher ami, comme tu le voudras, dit-il. Loin de moi l'idée de t'offenser. Je ne veux pas m'imposer mais je vais quand même te laisser mon adresse...

— Je n'en ai aucune envie... aucune envie de savoir sous quel toit tu peux bien vivre, dit l'autre en l'interrompant. J'ai entendu ton nom. J'avais peur que ce soit toi. Je voulais savoir si Dieu existait après tout : je sais désormais qu'il n'en est rien. Va-t'en, disparais vite !

Il resta planté là, au beau milieu du tapis, entre l'escalier et la porte d'entrée et, pour s'échapper, le grand médecin londonien allait devoir lui passer sur le côté. Il était clair que la pensée d'une telle humiliation le faisait hésiter. Tout blême qu'il était, on pouvait deviner dans ses lunettes un

1. Titre d'une célèbre chanson attribué au poète écossais Robert Burns (1759-1796).

bien dangereux reflet ; mais, tandis qu'il restait là, dans l'expectative, il vit que, depuis la rue, le cocher contemplait ce spectacle inhabituel et que notre petit groupe le regardait également du fond de la salle, depuis un coin du bar. La présence de tous ces témoins le décida de prendre aussitôt les jambes à son cou. Il s'élança et, rasant la boiserie, fila vers la porte tel un serpent. Mais Fettes interrompit sa trajectoire et, l'agrippant par le bras, lui dit dans un souffle, mais hélas bien distinctement :

— Tu l'as revu ?

Le riche et célèbre médecin londonien s'étrangla d'un cri. Il repoussa son interlocuteur vers le seuil et s'enfuit par la porte, les mains sur la tête, comme un voleur pris en flagrant délit. Avant même qu'il nous vienne à l'esprit d'esquisser le moindre mouvement, le fiacre roulait déjà vers la gare. La scène s'était évanouie, telle un rêve, mais un rêve qui aurait laissé des preuves tangibles. Le lendemain, le domestique retrouva les riches lunettes en or, brisées, sur le seuil, et le soir même nous nous étions tous debout devant la fenêtre du bar, fébriles, avec Fettes à nos côtés. Ce dernier était à jeun, blême, l'air résolu.

— Que Dieu nous protège, M. Fettes ! s'exclama le tenancier, le premier à retrouver ses esprits. Que signifie tout cela ? Ce sont là des paroles bien étranges que vous avez prononcées.

Fettes se tourna vers nous puis nous regarda droit dans les yeux, chacun son tour.

—Tâchez de tenir vos langues, fit-il. Mieux vaut ne jamais avoir à faire avec ce Macfarlane ; tous ceux qui l'ont fait s'en sont bien vite repentis.

Sur ce, sans même vider son troisième verre, et encore moins attendre les deux autres, il nous salua et s'enfonça dans la nuit noire en passant sous la lanterne de l'hôtel.

Nous regagnâmes chacun notre siège, devant un bon

feu rougeoyant, à la lumière de quatre bougies ; et, alors que nous évoquions ces événements, notre premier frisson de surprise ne tarda pas à se muer en une ardente curiosité. La réunion se prolongea jusqu'à une heure avancée. Jamais je n'étais resté aussi tard au vieux *George*. Chacun de nous, avant son départ, s'efforça de démontrer le bien-fondé de sa théorie, et toutes affaires cessantes, s'efforça de fouiller dans le passé de notre compagnon maudit pour y débusquer le secret qu'il partageait avec le célèbre praticien londonien. Sans me vanter, il me semble que j'ai été plus apte à soutirer la vérité qu'aucun autre de mes camarades du *George* ; et, à l'heure qu'il est, il n'y a probablement plus une seule personne vivante en mesure de vous conter les événements épouvantables et surnaturels que vous allez entendre.

Dans sa jeunesse, Fettes avait étudié la médecine à Édimbourg. Il avait un certain talent, comprenant aussitôt les paroles de ses maîtres, les mémorisant immédiatement. Il travaillait peu mais ses professeurs le trouvaient poli, attentif et intelligent. Ils eurent tôt fait de repérer ce jeune homme doué de telles facultés d'attention et de mémoire ; bien mieux, aussi étrange que cela puisse paraître en l'apprenant, il était à cette époque plutôt bien de sa personne et satisfait de son aspect. Il y avait alors un certain professeur qui venait de l'extérieur donner des cours d'anatomie. Je le désignerai dorénavant par la seule lettre K. Son nom devint tristement célèbre plus tard, et on le verrait traverser Édimbourg déguisé, rasant les murs, alors que la foule qui applaudissait des deux mains l'exécution de Burke hurlait en réclamant le sang de son employeur. Mais, en ce temps-là, M. K. était au sommet de la gloire. Il jouissait d'une popularité due en partie à son talent et à son savoir-faire, en partie à l'incompétence de son rival, le professeur de l'Université. Les étudiants, en tout cas, ne juraient que par lui, et Fettes crut lui-même – opinion partagée par ses condisciples – avoir jeté les bases de son propre succès du fait d'avoir acquis les faveurs de cet homme à la célébrité météorique. M. K. était à la fois un *bon vivant*[1] et un professeur émérite qui appréciait autant une blague salace qu'une préparation soignée. C'est à ces deux titres que Fettes avait attiré et mérité son attention et, dès la deuxième année, il occupait dans sa classe la fonction officieuse de démonstrateur en second ou de sous-assistant.

En cette qualité il avait notamment la responsabilité de l'amphithéâtre et de la salle de conférences. Il devait veiller à la propreté des locaux et à la conduite de ses condisciples. Il était également chargé de la fourniture, de la réception et de la répartition des divers sujets. C'est au regard de cette dernière fonction – alors très délicate – que M. K. le logea dans la même allée, et finalement dans le même bâtiment que les salles de dissection. C'est là, après une nuit de plaisirs turbulents, aux heures sombres qui précèdent l'aube d'hiver, la main encore vacillante, le regard embrumé et confus, qu'il était régulièrement tiré du lit par l'appel des trafiquants crasseux et misérables qui alimentaient la table de dissection. Il ouvrait la porte à ces individus, dont le pays connaît aujourd'hui la sinistre réputation, les aidait à décharger leur tragique fardeau, leur versait leur sordide salaire puis, après leur départ, restait seul en compagnie de ces tristes reliques d'humanité. Quittant ce tableau, il retournait dans sa chambre récupérer furtivement une heure ou deux de sommeil afin de réparer les abus de la nuit et de se remettre des labeurs de la journée.

Peu de garçons auraient faire preuve de davantage d'insensibilité face aux impressions produites par une vie ainsi passée parmi les emblèmes de la mortalité. Son esprit restait fermé à toute considération d'ordre général. Il était incapable de s'intéresser au destin et au sort d'autrui, esclave

1. En français dans le texte.

de ses propres désirs et de ses basses ambitions. En fin de compte il était froid, superficiel, égoïste et ne possédait que ce minimum de prudence appelé à tort moralité, qui tient l'homme éloigné aussi bien de l'ivrognerie méprisable que du brigandage. Il aspirait en outre à une certaine considération de la part de ses maîtres et de ses condisciples et n'avait aucune envie de connaître l'échec quant aux choses extérieures de l'existence. Aussi se faisait-il un plaisir de se distinguer dans ses études, et jour après jour, sous l'œil de son patron, il rendait à M. K. des services évidents. Il se dédommageait lui-même de son travail de jour par des nuits de plaisirs tapageurs et canailles et une fois l'équilibre atteint, l'organe qu'il nommait sa conscience se déclarait satisfait.

Pour lui comme pour son maître, l'approvisionnement en sujets était une source de difficultés permanentes. Dans cet amphithéâtre actif et bondé, la matière première des anatomistes semblait ne jamais suffire ; c'est pourquoi le trafic que cette situation rendait nécessaire n'était pas seulement désagréable en soi, mais dangereux par les retombées menaçant tous ceux qui s'y livraient. La politique de M. K. consistait à ne jamais poser la moindre question sur les transactions avec ses fournisseurs. « Ils apportent les corps, et nous en payons le prix, aimait-il à dire en appuyant sur l'allitération *« quid pro quo »*. Ou bien encore, dans un langage plutôt impie, il disait à ses assistants : « Ne posez pas de question et votre conscience sera en paix. » Rien ne laissait supposer que les sujets avaient été obtenus par le crime ni par le meurtre. Si cette idée avait été évoquée devant lui, il aurait reculé horrifié ; mais la légèreté avec laquelle il parlait d'un sujet si grave était en elle-même une atteinte aux bonnes mœurs ainsi qu'une tentation pour les individus auxquels il avait affaire. Fettes, par exemple, s'était maintes fois étonné de la fraîcheur étonnante des cadavres.

Il avait été souvent frappé par la mine abominable et patibulaire des truands qui venaient le trouver avant l'aube ; et lorsqu'il mettait de l'ordre dans ses pensées intimes, il attribuait peut-être une signification indûment immorale et trop catégorique aux imprudentes recommandations de son maître. En un mot, il estimait que son devoir était triple : prendre ce qu'on lui apportait, en payer le prix et fermer les yeux sur tout soupçon de crime.

Un matin de novembre, cette politique du silence fut rudement mise à l'épreuve. Il n'avait pas fermé l'œil de la nuit à cause d'une rage de dents terrible. Il avait arpenté sa chambre comme un lion en cage, se jetant parfois sur son lit, fou de douleur ; il avait fini par sombrer dans ce sommeil lourd et désagréable qui est si souvent le fruit d'une nuit de souffrances quand il fut réveillé par la troisième ou quatrième répétition rageuse du signal convenu. Le fin croissant de la nouvelle lune éclairait la nuit. Dehors le froid était vif, avec du vent et de la gelée. La ville dormait toujours, mais une rumeur indéfinissable annonçait déjà le bruit et l'agitation diurnes. Les goules étaient venues plus tard que d'habitude et semblaient encore plus pressées de partir que d'accoutumée. Fettes, abruti de sommeil, les éclaira dans l'escalier. Comme dans un rêve, il percevait leur voix grincheuse à l'accent irlandais. Pendant qu'ils vidaient le sac de leur triste marchandise, il resta appuyé contre le mur, se calant de son épaule ; il somnolait tellement qu'il dut se secouer pour mettre la main sur leur argent. Ce faisant, son regard tomba sur le visage du cadavre. Il sursauta, se rapprocha de deux pas en soulevant la bougie.

— Dieu tout puissant ! s'écria-t-il. Mais c'est Jane Galbraith !

Sans répondre, les visiteurs se traînèrent en direction de la porte.

— Je vous dis que je la connais, poursuivit-il. Elle était vivante et en en pleine forme hier encore. Elle ne peut pas être morte, il est impossible que vous ayez pu vous procurer ce corps de façon légale.

— Monsieur, vous faites certainement erreur, répondit un des hommes.

Mais l'autre lança à Fettes un regard sombre et exigea d'être payé immédiatement.

Impossible d'ignorer la menace ou de s'exagérer le danger. Le courage lui fit défaut. Il bredouilla quelques excuses, compta la somme et raccompagna ses odieux visiteurs. À peine étaient-ils partis qu'il se précipita pour vérifier ses soupçons. Une douzaine de signes incontestables lui permirent d'identifier la jeune fille avec laquelle il avait plaisanté la veille. Il vit avec horreur que son corps portait des traces qui pouvaient fort bien être le signe d'une mort violente. Paniqué, il alla se réfugier dans sa chambre. Il médita longuement sur sa découverte, considéra posément les instructions de M. K. et le danger qu'il y avait pour lui se mêler d'une si grave affaire et finalement, perplexe et inquiet, il décida enfin d'attendre l'avis de son supérieur direct, l'assistant du professeur.

C'était un jeune docteur du nom de Wolfe Macfarlane, quelqu'un de très populaire parmi les étudiants insouciants, intelligent, dissipé et totalement dénué de scrupules. Il avait voyagé et étudié à l'étranger. Ses manières étaient agréables et quelque peu directes. C'était un excellent acteur, mais également quelqu'un d'aussi adroit sur des patins à glace qu'avec des clubs de golf ; il s'habillait avec goût, voire une certaine audace, et pour compléter ce glorieux tableau, il possédait un cabriolet et un puissant trotteur. Il était intime avec Fettes, leurs positions respectives favorisaient d'ailleurs une certaine forme de vie en commun et lorsque les sujets se faisaient rares, ils partaient tous deux au fin fond de la campagne dans le cabriolet de Macfarlane, visitaient et profanaient quelque cimetière solitaire, puis revenaient avant l'aube avec leur butin à la porte de la salle de dissection.

Ce matin-là, Macfarlane arriva un peu plus tôt que d'habitude. L'ayant entendu, Fettes se porta à ses devants dans l'escalier, lui raconta les faits et lui montra la cause de son désarroi. Macfarlane examina les marques sur le cadavre.

— Évidemment, dit-il en opinant, ça semble louche.

— Alors, que dois-je faire ? demanda Fettes.

— Faire ? reprit l'autre. Qu'est-ce que tu veux faire ? Moins on en parlera, mieux ça vaudra, voilà mon opinion.

— Mais quelqu'un pourrait la reconnaître, objecta Fettes. Dans la ville, elle était connue comme le loup blanc.

— Espérons bien que non, dit Macfarlane, et si c'était le cas... eh bien, toi non, vois-tu, et point final. Il faut dire que ça dure depuis trop longtemps. Déranger l'eau qui dort, c'est entraîner K. dans les pires ennuis. Tu seras toi-même sur la sellette, et moi aussi, par la même occasion. J'aimerais savoir quelle tête nous ferions et ce que diable nous trouverions à dire pour notre défense devant n'importe quel tribunal de la Chrétienté. Quant à moi, vois-tu, une seule chose est sûre, c'est que pratiquement tous nos sujets ont été assassinés.

— Macfarlane ! s'écria Fettes.

— Allons, allons ! fit l'autre en ricanant. Comme si tu ne t'en étais jamais douté toi-même.

— Se douter est une chose...

— ... le prouver en est une autre. Je sais, je sais ; et je suis aussi désolé pour toi que ceci ait dû arriver ici, dit-il en tapotant sa canne. Le mieux qu'il me reste à faire, c'est de ne pas la reconnaître. D'ailleurs, ajouta-t-il froidement, je ne la reconnais pas. Toi tu peux le faire si ça te dit. Je ne veux rien t'imposer, mais il me semble qu'un homme du monde ferait comme moi ; et d'ailleurs je crois même que c'est ce que K. attendrait de nous. La question est de savoir pourquoi il nous a choisis comme assistants. Et je réponds : parce qu'il ne voulait pas de poltrons.

C'était exactement le ton pour impressionner un jeune homme comme Fettes. Il fut d'accord pour imiter Macfarlane. Le corps de la malheureuse jeune fille fut dûment disséqué, personne ne remarqua rien ni ne parut la reconnaître.

Une après-midi, une fois achevée sa journée de travail, Fettes entra dans une taverne très fréquentée et y trouva Macfarlane attablé avec un étranger. Celui-ci était un homme de petite taille, châtain, très pâle, aux yeux de charbon. Les contours de son visage annonçaient une intelligence et un raffinement vite infirmés par ses manières, car en le connaissant mieux, on s'apercevait qu'il était grossier, vulgaire et stupide. Il exerçait néanmoins une influence remarquable sur Macfarlane, donnant des ordres comme s'il était le Grand Pacha, s'irritant de la moindre contradiction ou du moindre retard, mais raillant sévèrement l'obéissance servile dont il faisait l'objet. Cet odieux personnage s'engoua sur le champ de Fettes, lui offrit force verres et le gratifia de confidences inhabituelles sur sa carrière. Si le dixième de ce qu'il confessait était vrai, c'était une fort répugnante crapule. Mais la vanité du jeune garçon fut titillée par les attentions d'un homme de si grande expérience.

— Je suis moi-même un assez mauvais garçon, fit remarquer l'étranger, mais Macfarlane, lui, est un vrai gamin – je l'appelle d'ailleurs Toddy Macfarlane. « Allez Toddy, commande un autre verre pour ton ami. » Ou encore « Toddy, va fermer la porte, et que ça saute ! » Toddy me déteste, dit-il encore. N'est-ce pas Toddy ?

— Ne m'appelez pas de ce maudit nom, grogna Macfarlane.

— Écoutez-le ! Avez-vous jamais vu des gamins jouer du couteau ? Il aimerait bien s'entraîner sur moi, de la tête aux pieds ! fit remarquer l'étranger.

— Nous autres, médecins, nous avons mieux que ça, rétorqua Fettes. Lorsque nous n'aimons pas un ami décédé, nous le disséquons.

Macfarlane releva vivement la tête, comme s'il ne goûtait guère la plaisanterie.

L'après-midi passa. Gray, car c'était son nom, invita Fettes à se joindre à eux pour le dîner, commanda un festin si somptueux que ce fut un vrai branle-bas de combat dans la taverne. Une fois le repas terminé, il ordonna à Macfarlane de régler l'addition. Il était tard lorsqu'ils se séparèrent ; le dénommé Gray était ivre mort. Dégrisé par son courroux, Macfarlane ruminait l'argent qu'il lui avait fallu débourser et les affronts qu'il avait dû subir. Fettes, avec tout ce mélange de boissons qui dansaient dans sa tête, revint chez lui en titubant, le cerveau complètement hébété. Le lendemain, Macfarlane ne vint pas aux cours et Fettes rit intérieurement, l'imaginant en train d'accompagner l'insupportable Gray de taverne en taverne. Quand sonna son heure de liberté, il en fit aussitôt la tournée, à la recherche de ses compagnons de la nuit passée. Mais ils demeurèrent introuvables, aussi ne tarda-t-il pas à regagner sa chambre, se coucha et dormit du sommeil du juste.

À quatre heures du matin il fut réveillé par le signal habituel. Une fois descendu jusqu'à la porte, il fut stupéfait d'y trouver Macfarlane avec son cabriolet, et dans celui-ci un de ces longs paquets sinistres auxquels il était tellement habitué.

— Quoi ? s'écria-t-il. Tu es sorti seul ? Comment as-tu fait ?

Mais Macfarlane le fit taire abruptement, lui conseillant de se mettre au travail. Lorsqu'ils eurent monté le cadavre et l'eurent étendu sur la table, Macfarlane commença par faire mine de s'en aller. Puis il s'arrêta et parut hésiter, avant de déclarer d'un ton plutôt contraint :

— Tu ferais mieux de jeter un coup d'œil sur son visage. Et comme Fettes se contentait de le contempler, abasourdi, il répéta :

— Tu ferais mieux...

— Mais où, comment, et quand l'as-tu trouvé ? s'écria l'autre.

— Regarde son visage, dit-il en guise de réponse.

Fettes était stupéfait ; d'étranges doutes l'assaillaient. Son regard se portait du jeune docteur vers le cadavre et réciproquement. Finalement, dans un sursaut, il s'exécuta. Il s'était presque attendu à voir ce spectacle mais pourtant le choc fut cruel. Voir ainsi, figé dans la rigidité de la mort et nu sur cette grossière toile à sac, l'homme qu'il avait quitté si bien habillé, repu de viande et de péchés, sur le seuil d'une taverne, réveillait, même chez Fettes, ce grand insoucieux, comme des terreurs de conscience. C'était un *cras tibi*[1] qui se répercutait dans son âme : deux êtres qu'il avait connus avaient fini par se retrouver étendus sur ces tables glacées. Mais ces pensées-là n'étaient que secondaires. Son souci premier concernait Wolfe. N'étant pas préparé à se confronter à un défi aussi important, il ne savait pas comment regarder son camarade en face. Il n'osait pas croiser son regard, ne savait que dire et se taisait.

C'est Macfarlane lui-même qui prit les devants. Il vint derrière lui calmement et posa la main sur son épaule doucement, mais fermement.

— Richardson, dit-il, pourra avoir la tête.

Il faut dire que Richardson était un étudiant qui, depuis longtemps, convoitait cette partie du corps humain pour la

1. Expression en latin qui signifie "à chacun son tour".

disséquer. N'obtenant pas de réponse, le meurtrier poursuivit :

— Parlons affaires ; tu dois me payer ; tes comptes, vois-tu, doivent être justes.

Fettes retrouva sa voix, mais c'était l'ombre d'elle-même.

— Te payer ! s'écria-t-il. Te payer pour ça ?

— Mais si, tu le dois, à tout point de vue et tous comptes faits, répliqua l'autre. Je ne me risquerais pas à te le donner gratis, ni toi à le prendre gratis ; cela nous compromettrait tous les deux. C'est une affaire comme celle de Jane Galbraith. Plus les choses sont irrégulières, et plus nous devons faire comme si elles ne l'étaient pas. Où est-ce que le vieux K. cache ses sous ?

— Là, répondit Fettes d'une voix rauque, en montrant du doigt un placard dans un coin.

— Alors donne-moi la clef, dit l'autre calmement, en tendant la main.

Il y eut un instant d'hésitation, et les dés furent jetés. En sentant la clef entre ses doigts Macfarlane ne put retenir un tic nerveux, marque infime d'un soulagement infini. Il ouvrit le placard, retira une plume, de l'encre et un cahier d'un compartiment, puis préleva sur les fonds contenus dans un tiroir la somme requise.

— Maintenant, regarde, dit-il, voilà le paiement effectué, la preuve première de ta bonne foi, un premier pas pour toi vers la sécurité. Tu dois à présent l'assurer par un second. Inscris ce paiement dans ton livre de comptes et, quant à toi, tu pourras désormais défier le diable en personne.

Les quelques secondes qui suivirent furent un dilemme terrible pour Fettes, mais parmi ses terreurs, c'est la plus immédiate qui l'emporta : toute difficulté future semblait presque la bienvenue dans la mesure où il pourrait éviter une querelle immédiate avec Macfarlane. Il posa la bougie qu'il avait gardée à la main jusque-là, et d'une main ferme, nota la date, la nature et le montant de la transaction.

— Et maintenant, dit Macfarlane, il est normal que tu empoches ton bénéfice. J'ai déjà eu le mien. À propos, lorsqu'un homme du monde rencontre la chance et qu'il se retrouve avec quelques shillings de plus dans sa poche, il doit, dans ce cas – je le dis avec une certaine honte – respecter une ligne de conduite précise : pas d'invitations, pas d'achats de manuels universitaires coûteux, pas de vieilles dettes à régler. Emprunte, mais ne prête pas !

— Macfarlane, commença à dire Fettes, d'une voix encore un peu rauque, je me suis mis la corde au cou pour t'obliger.

— M'obliger ? s'écria Wolfe. Que veux-tu dire par là ! Pour autant que je sache, tu n'as agi que pour assurer ta propre sécurité. Suppose que j'aie des ennuis, que t'arriverait-il alors ? Cette seconde affaire est la suite logique de la précédente, d'abord Mlle Galbraith, ensuite. M. Gray. Impossible de s'arrêter en cours de route. Une fois qu'on a commencé, il faut toujours continuer, c'est la vérité. Pas de repos pour les méchants.

Une horrible sensation de noirceur et de trahison fatale étreignit l'âme du malheureux étudiant.

— Mon Dieu ! s'écria-t-il. Qu'ai-je donc fait ? Et quand ai-je commencé ? Être nommé assistant – en toute objectivité – où est le mal ? Service voulait la place, il aurait pu l'avoir. Se trouverait-il, *lui*, dans la situation où *moi* je suis aujourd'hui ?

— Mon ami, dit Macfarlane, quel gamin tu fais ! Que t'est-il arrivé *jusqu'ici* ? Que *peut-il* t'arriver si tu tiens ta langue ? Sais-tu, mon vieux, ce qu'est la vie ici-bas ? Nous sommes répartis en deux camps, d'un côté les lions, de l'autre les agneaux. Si tu es un agneau, un jour ou l'autre tu finiras sur l'une de ces tables comme Gray ou Jane

Galbraith ; si tu es un lion, tu vivras et tu auras ton cheval comme moi, comme K., comme tous les gens d'esprit et de courage en ce monde. Au début, tu t'en trouves tout interdit. Mais regarde K. ! Mon cher ami, tu es malin, tu as du cran. Je t'aime bien, et K. aussi. Tu es né pour mener la meute ; et je t'assure, sur mon honneur et mon expérience de la vie, que dans trois jours tu riras de tous ces épouvantails comme d'une blague de lycéen.

Là-dessus, Macfarlane s'en alla et remonta l'allée dans son cabriolet pour s'abriter avant l'aube. Et Fettes resta seul, seul avec ses regrets. Il voyait l'épouvantable danger dans lequel il s'était mis. Il voyait, avec un désarroi indicible, que sa faiblesse n'avait pas de limites et que, de concession en concession, d'arbitre du destin de Macfarlane, il en était devenu le complice corrompu et impuissant. Il aurait tout donné pour avoir fait preuve d'un peu plus de courage mais il ne lui vint pas à l'esprit qu'il n'était pas encore trop tard pour agir ainsi. Le secret de Jane Galbraith et la maudite inscription sur le livre de comptes le réduisaient au silence.

Les heures passèrent et les étudiants commencèrent à arriver. On leur distribua les membres du pauvre Gray, sans que personne ne fasse de commentaire. Richardson fut ravi d'avoir la tête et, avant que l'heure de la délivrance ait sonné, Fettes tremblait d'exultation en constatant le chemin déjà parcouru vers la sécurité.

Deux jours durant, il continua à surveiller, avec une joie grandissante, l'horrible mécanisme de cette dissimulation.

Le troisième jour, Macfarlane réapparut. Il avait été malade, affirma-t-il, mais rattrapa le temps perdu grâce à l'énergie déployée pour diriger les étudiants dans leur travail. Il prodigua notamment à Richardson force conseils et les attentions les plus précieuses, de sorte que, encouragé par les éloges du démonstrateur, celui-ci se mit à brûler d'espoirs et d'ambitions, se voyant déjà récompensé en fin d'année.

Avant la fin de la semaine, la prophétie de Macfarlane s'était réalisée. Fettes avait surmonté ses terreurs et oublié sa lâcheté. Il commença à s'enorgueillir de son courage et, dans son esprit malsain, avait réarrangé l'histoire de sorte à pouvoir, avec le recul, contempler ces événements avec fierté. Quant à son complice, il ne le voyait guère. Ils se rencontraient, naturellement, pour assurer la bonne marche de la classe et recevoir leurs ordres de M. K. Ils échangeaient parfois un mot ou deux en privé ; Macfarlane se montrait du début à la fin particulièrement affable et jovial. Mais il était évident qu'il évitait de faire la moindre allusion à leur secret commun. Et même lorsque Fettes lui annonça à voix basse qu'il avait rejoint le camp des lions et répudié celui des agneaux, il se contenta de lui faire signe de se taire avec un sourire.

Au bout d'un certain temps une occasion permit au duo de resserrer à nouveau ses liens. M. K. se trouvait une fois de plus à court de sujets, et ses élèves s'impatientaient. Or ce professeur avait, entre autres vanités, celle d'être toujours excellemment pourvu. Au même moment arriva la nouvelle d'un enterrement dans le cimetière campagnard de Glencorse. Cet endroit n'a guère changé depuis. Il se trouvait alors, comme aujourd'hui, sur une voie secondaire, loin de toute habitation, profondément enfoui sous l'épaisse frondaison de six cèdres. Le bêlement des agneaux sur les collines environnantes, les deux ruisseaux de chaque côté – l'un chantant à tue-tête sur les galets, l'autre s'écoulant furtivement de mare en mare – le bruissement du vent dans les branches fleuries de vieux châtaigniers montagnards, et une fois par semaine le tintement des cloches et les anciens cantiques du maître de chapelle, tels étaient les seuls bruits qui venaient troubler le silence régnant autour de cette église rustique. Le Résurrectionniste – pour utiliser un surnom de l'époque – ne se laisserait pas décourager par ce que la piété la plus élémentaire tenait pour sacré. Cela faisait partie de son métier que de mépriser et de profaner les volutes et les voûtes des vieilles tombes, les sentiers usés par les pas des fidèles et les convois funèbres, ainsi que les offrandes et les épitaphes commémorant l'affection des parents endeuillés. Le voleur de cadavres, loin d'être détourné par un sentiment de respect naturel, se sentait attiré par la facilité et la sécurité du travail à la campagne, là pourtant où l'amour est plus durable qu'ailleurs et où les liens du sang ou de communauté unissent tous les membres d'une paroisse. Des corps qui avaient été mis en terre dans l'attente joyeuse d'un bien différent réveil, subissaient alors, à la lueur des lanternes, une résurrection hâtive, hantée par la terreur, au son de la bêche et de la pioche. Le cercueil était forcé, les linceuls déchirés et les tristes reliques, une fois revêtues d'une toile à sac, étaient bringuebalées en fiacre durant des heures, sur des sentiers sans lune, avant de finir exposées aux pires indignités devant un parterre d'étudiants bouche bée.

Tels deux vautours fondant sur un agneau agonisant, Fettes et Macfarlane allaient se trouver lâchés sur une tombe dans ce havre verdoyant et paisible. La femme d'un fermier, qui avait vécu soixante ans durant lesquels elle s'était distinguée par son beurre excellent et ses pieuses conversations, allait être arrachée à la tombe sur le coup de minuit et transportée, morte et nue, vers cette cité lointaine qu'elle avait toujours honorée de ses habits du dimanche. Ainsi, sa place dans le caveau de famille resterait-elle inoccupée jusqu'au jour du Jugement dernier et ses membres innocents et presque vénérables exposés à l'ultime curiosité de l'anatomiste.

En fin d'après-midi le duo se mit en route, bien enveloppé dans leur manteau et muni d'une bouteille de grande contenance. Il pleuvait sans arrêt, une pluie froide, drue, battante. De temps à autre soufflait une bouffée de vent aussitôt interrompue par des rideaux de pluie torrentielle. Malgré la bouteille et tout le reste, ce fut un trajet triste et silencieux jusqu'à Penicuik où ils devaient passer la soirée. Ils s'arrêtèrent une fois pour dissimuler leur outils dans un épais fourré non loin du cimetière, puis une seconde fois au *Rendez-vous du Pêcheur*, pour y porter quelques toasts devant la cheminée de la cuisine, alternant gorgées de whisky et rasades de bière. Une fois arrivés à destination le cabriolet fut remisé, le cheval nourri et bouchonné, tandis que, dans un salon privé, les deux jeunes médecins s'attablèrent autour du meilleur dîner et des meilleurs vins que l'auberge pouvait leur offrir. Les bougies, le feu, la pluie qui battait sur les vitres, le travail incongru qui les attendait dans la nuit glacée, tout cela ajoutait du piquant à la joie du repas partagé. Chaque verre augmentait leur bonne humeur. Bientôt Macfarlane présenta un petit tas de pièces d'or à son compagnon.

— Avec mes compliments, dit-il. Entre amis, tous ces fichus petits présents devraient être monnaie courante.

Fettes empocha les pièces et acquiesça :

— Tu es un philosophe, s'écria-t-il. Je n'étais qu'un âne avant de te connaître. Par Lucifer, à vous deux, toi et K. ferez de moi un homme !

— Mais bien sûr ! répondit Macfarlane en applaudissant. Un homme ? C'est bien de cela dont j'avais besoin à mes côtés l'autre matin. Je connais de gros quadragénaires poltrons et querelleurs qui auraient tourné de l'œil à la vue de cette fichue chose ; mais pas toi, tu as gardé la tête sur les épaules. Je t'ai bien regardé.

— Et alors, pourquoi pas ? dit Fettes en plastronnant. Cette affaire ne me concernait pas. D'un côté il n'y avait que des ennuis à récolter alors que de l'autre je pouvais compter sur ta gratitude, n'est-ce pas ? Et il secoua sa poche en faisant tinter les pièces d'or.

Macfarlane ressentit une certaine inquiétude à entendre ces propos désagréables. Peut-être commençait-il à regretter d'avoir si bien réussi l'éducation de son compagnon, mais il n'eut pas le temps d'intervenir, car l'autre poursuivait son discours plein de vantardises.

— Le plus important, c'est de ne pas avoir peur. Entre nous, je n'ai aucune envie de me retrouver pendu – c'est évident ; mais sans blaguer, Macfarlane, depuis ma naissance, je n'ai jamais eu peur de rien ni personne. L'Enfer, Dieu, le Diable, le bien, le mal, le péché, le crime, et toute cette galerie d'étranges antiquités – tout cela peut bien faire peur aux gosses, mais nous, les hommes du monde, n'éprouvons que mépris à leur égard. Buvons à la mémoire de Gray !

Il commençait à se faire tard. Conformément aux instructions, le cabriolet fut conduit devant la porte avec ses deux lanternes brillant de tous leurs feux. Les deux jeunes gens payèrent leur note avant de reprendre la route. Ils annoncèrent à voix haute qu'ils allaient à Peebles, et prirent en effet cette direction jusqu'à ce qu'ils aient dépassé les dernières maisons du bourg ; puis, tous feux éteints, ils rebroussèrent chemin et prirent une voie secondaire en direction de Glencorse. Tout était silencieux, hormis le bruit de leur équipage et celui de la pluie qui tombait sans discontinuer. Il faisait nuit noire. Çà et là, l'éclat d'un portail ou d'une pierre blanche guidait bien pendant quelques instants leur cheminement nocturne ; mais la plupart du temps, c'était au pas, presque à tâtons, qu'ils se frayaient un chemin à travers le silence retentissant de ces ténèbres pour rallier le lieu solennel et isolé de leur destination. Dans la profondeur des bois qui traversent les abords du cimetière, la lumière leur manqua complètement et ils durent frotter une allumette pour rallumer l'une des lanternes du cabriolet. C'est ainsi, sous les arbres dégoulinants et entourés d'énormes ombres mouvantes, qu'ils parvinrent à la scène de leur tâche sacrilège.

Ils étaient tous deux experts et vigoureux en matière de bêches, aussi avaient-ils à peine travaillé vingt minutes qu'ils furent récompensés par un bruit sourd sur le couvercle du cercueil. Au même instant, Macfarlane, s'étant blessé la main sur une pierre, la jeta sans prendre garde par-dessus sa tête. La tombe, dans laquelle ils se trouvaient maintenant enfoncés pratiquement jusqu'aux épaules, jouxtait le rebord du plateau où se trouvait le cimetière ; pour y voir plus clair dans leur labeur, ils avaient calé une des lanternes du cabriolet contre un arbre en bordure immédiate de la rive escarpée qui descendait jusqu'à la rivière. Par hasard, la pierre avait bien atteint sa cible : on entendit un bruit de verre brisé. La nuit s'abattit sur eux ; des échos tantôt étouffés, tantôt sonores, leur annoncèrent que la lanterne était en train de dévaler la pente en rebondissant de temps à autre sur un arbre. Une ou deux pierres qu'elle avait délogées dans sa descente la suivaient avec fracas jusqu'au fin fond du vallon ; après l'obscurité, ce fut au tour du silence de régner à nouveau en maître. Ils avaient beau tendre l'oreille, ils ne percevaient rien d'autre que la pluie qui luttait contre le vent et tombait régulièrement sur des kilomètres et des kilomètres de campagne sans fin.

Ils étaient si près d'en avoir terminé avec leur horrible besogne qu'ils jugèrent plus sage de l'achever dans l'obscurité. Le cercueil fut exhumé et fracturé, le cadavre introduit dans le sac dégoulinant puis transporté par les deux compères jusqu'au cabriolet. L'un d'eux monta pour le tenir en place, tandis que l'autre, prenant le cheval par la bride, le dirigea à l'aveuglette le long du mur et des buissons jusqu'à parvenir sur la route principale, non loin du *Rendez-vous du Pêcheur*. Une légère lumière se diffusa et ils la saluèrent comme si l'aube pointait. Sur ce, ils donnèrent une allure plus vive à leur attelage et, dans un grand cliquetis joyeux, prirent la direction d'Édimbourg.

Tous deux avaient été détrempés et maintenant que le cabriolet cahotait entre les profondes ornières, la chose qui était calée entre eux deux avait tendance à retomber une fois sur l'un, une fois sur l'autre. Chaque fois que se répétait cet horrible contact, chacun la repoussait instinctivement avec la plus grande hâte. Tout naturel qu'était ce phénomène, il finit par porter sur les nerfs des deux compères. Macfarlane fit une plaisanterie de mauvais goût sur la femme du fermier, mais elle retomba à plat dans le silence. Et toujours ce fardeau si peu naturel qui retombait d'un côté et de l'autre : tantôt la tête venait s'appuyer sur leur épaule comme pour se confesser, tantôt la toile à sac trempée et glaciale venait leur fouetter le visage. Peu à peu, un effroi glacial envahit l'âme de Fettes. Il jeta un coup d'œil en direction du sac, et celui-ci lui sembla plus grand qu'auparavant. Partout, dans la campagne, à toutes distances, les chiens des fermes accompagnaient leur passage de hurlements sinistres; il lui vint soudain à l'esprit qu'un miracle étrange avait eu lieu, que le cadavre avait subi une métamorphose effrayante et que c'était la terreur qu'inspirait ce fardeau sacrilège qui faisait hurler les chiens.

— Pour l'amour de Dieu ! s'écria-t-il en faisant un gros effort pour arriver à parler, pour l'amour de Dieu, de la lumière !

Visiblement, Macfarlane était dans le même état d'esprit car, s'il ne répondit pas, il arrêta le cheval, passa les rênes à son compagnon, descendit et essaya de rallumer la lanterne restante. À cet instant, ils n'avaient pas encore dépassé le croisement de la route menant à Auchendinny. Un nouveau déluge s'était remis à tomber et il n'était guère facile de faire de la lumière dans un univers aussi humide et obscur. Quand finalement la fragile flamme alluma la mèche et commença à se propager, à s'intensifier et à répandre un plus vaste cercle de lumière autour du cabriolet, les deux jeunes gens purent enfin se voir et distinguer ce qu'ils transportaient. La pluie avait moulé le sac grossier, lui faisant épouser les contours du cadavre qu'il contenait : la tête se distinguait du tronc, la forme des épaules se voyait clairement. Quelque chose d'à la fois spectral et humain les forçait à fixer leur regard sur leur effroyable compagnon de voyage.

Macfarlane resta quelque temps immobile, tenant la lanterne à bout de bras. Une terreur sans nom enveloppait ce corps tel un suaire mouillé et raidissait la peau blême du visage de Fettes. Une peur déraisonnée, l'horreur face à l'impossible continuaient d'envahir son cerveau. Un instant encore et il aurait parlé. Mais son camarade le devança.

— Ce n'est pas une femme, dit Macfarlane d'une voix étouffée.

— C'était une femme lorsque nous l'y avons mise, murmura Fettes.

— Tiens un peu cette lanterne, fit l'autre. Je dois voir son visage.

Et tandis que Fettes se saisit de la lanterne, son compagnon défit le sac et retira la toile de la tête. La lumière tomba très distinctement sur les traits sombres et bien modelés, ainsi que sur les joues rasées de près d'un visage bien trop familier, que les jeunes gens avaient maintes fois entrevu dans leurs songes. Un cri sauvage déchira la nuit. Chacun sauta de son côté de la route. La lanterne tomba, se brisa et s'éteignit. Le cheval, terrifié par ce choc inhabituel, fit un bond et, prenant au galop la direction d'Édimbourg, emporta avec lui pour seul et unique passager le cadavre de Gray, pourtant mort et disséqué depuis longtemps déjà.

LE DIAMANT DU RAJAH

Histoire d'un carton à chapeau

Jusqu'à l'âge de seize ans, d'abord dans un collège particulier, puis dans une de ces grandes écoles pour lesquelles l'Angleterre est justement renommée, Harry Hartley avait reçu l'instruction habituelle d'un gentleman. À cette époque, il manifesta un dégoût tout particulier pour l'étude et, le seul parent qui lui restât étant à la fois faible et ignorant, il fut désormais autorisé à perdre son temps, c'est-à-dire qu'il ne cultiva plus que ces petits talents dits d'agrément qui contribuent à l'élégance.

Deux années plus tard, demeuré seul au monde, il tomba presque dans la misère. Ni la nature ni l'éducation n'avaient préparé Harry au moindre effort. Il pouvait chanter des romances et s'accompagner lui-même discrètement au piano ; bien que timide, c'était un gracieux cavalier ; il avait un goût prononcé pour les échecs, et la nature l'avait doué de l'extérieur le plus agréable, encore qu'un peu efféminé. Son visage blond et rose, avec des yeux de tourterelle et un sourire tendre, exprimait un séduisant mélange de douceur et de mélancolie. Mais, pour tout dire, il n'était homme ni à conduire des armées ni à diriger les conseils d'un État.

Une chance heureuse et quelques puissantes influences

lui firent atteindre la position de secrétaire particulier du major général, Sir Thomas Vandeleur. Sir Thomas était un homme de soixante ans, à la voix forte, au caractère violent et impérieux. Pour quelque raison, en récompense de certain service, sur la nature duquel on fit souvent de perfides insinuations qui provoquèrent autant de démentis, le rajah de Kashgar avait autrefois offert à cet officier un diamant, évalué le sixième du monde entier, sous le rapport de la valeur et de la beauté. Ce don magnifique transforma un homme pauvre en homme riche et fit d'un obscur soldat l'un des lions de la société de Londres. Le diamant du Rajah fut un talisman grâce auquel son possesseur pénétra dans les cercles les plus exclusifs. Il arriva même qu'une jeune fille, belle et bien née, voulut avoir le droit d'appeler sien le diamant merveilleux, fût-ce au prix d'un mariage avec le butor insupportable qui avait nom Vandeleur. On citait à ce propos le proverbe : « Qui se ressemble s'assemble. » Un joyau, en effet, avait attiré l'autre ; non seulement Lady Vandeleur était par elle-même un diamant de la plus belle eau, mais encore elle se montrait sertie, pour ainsi dire, dans la plus somptueuse monture ; maintes autorités respectables l'avaient proclamée l'une des trois ou quatre femmes de toute l'Angleterre qui s'habillaient le mieux.

Le service de Harry comme secrétaire n'était pas des plus pénibles ; mais nous avons dit qu'il avait une extrême répugnance pour tout travail régulier : il lui était désagréable de se mettre de l'encre aux doigts. Comment s'étonner, en revanche, que les charmes de Lady Vandeleur et l'éclat de ses toilettes le fissent souvent passer de la bibliothèque au boudoir ?

Les manières de Harry vis-à-vis des femmes étaient les plus charmantes du monde ; cet Adonis savait causer agréablement de chiffons, et n'était jamais plus heureux que lorsqu'il discutait la nuance d'un ruban ou portait un message à la modiste. Bref, la correspondance de Sir Thomas tomba dans un piteux abandon et Mylady eut une nouvelle dame d'atours.

Un jour, le général, qui était l'un des moins patients parmi les commandants militaires de retour de l'Inde, se leva soudain dans un violent accès de colère, et, par un de ces gestes péremptoires très rarement employés entre gentlemen, signifia une bonne fois à son secrétaire trop négligent que désormais il se passerait de ses services. La porte étant malheureusement ouverte, Mr. Hartley roula, la tête en avant, au bas de l'escalier.

Il se releva un peu contusionné, au désespoir, en outre. Sa situation dans la maison du général lui convenait absolument ; il vivait, sur un pied plus ou moins douteux, dans une très brillante société, faisant peu de chose, mangeant fort bien, et avant tout il éprouvait auprès de Lady Vandeleur un sentiment de satisfaction intime, d'ailleurs assez tiède, mais que dans son cœur, il qualifiait d'une note plus énergique. À peine avait-il été outragé de la sorte par le pied militaire de Sir Thomas qu'il se précipita dans le boudoir de sa belle protectrice et raconta ses chagrins.

— Vous savez, mon cher Harry, dit Lady Vandeleur – car elle l'appelait par son petit nom, comme un enfant, ou comme un domestique – vous savez très bien que jamais, grâce à un hasard quelconque, vous ne faites ce que le général vous commande. Moi, je ne le fais pas davantage, direz-vous, mais cela est différent ; une femme peut obtenir le pardon de toute une année de désobéissance, par un seul acte d'adroite soumission ; et d'ailleurs, personne n'est marié à son secrétaire particulier. Je serai fâchée de vous perdre, mais, puisque vous ne pouvez demeurer plus longtemps dans une maison où vous avez reçu cette mortelle insulte, il faut bien nous dire adieu. Soyez sûr que le général me payera son inqualifiable conduite.

Harry perdit contenance ; les larmes lui montèrent aux yeux et il regarda Lady Vandeleur d'un air de tendre reproche.

— Mylady, dit-il, qu'est-ce qu'une insulte ? J'estimerais peu l'homme qui ne saurait oublier ces peccadilles quand elles entrent en balance avec des affections. Mais rompre un lien si cher, m'éloigner de vous...

Il fut incapable de continuer ; son émotion l'étrangla et il se mit à pleurer.

Lady Vandeleur le regarda curieusement.

« Ce pauvre fou, pensa-t-elle, s'imagine être amoureux de moi. Pourquoi ne passerait-il pas à mon service, au lieu d'être à celui du général ? Il a un bon caractère, il est complaisant, il s'entend à la toilette ; de plus cette prétendue passion le préservera de certaines sottises. Il est positivement trop gentil pour qu'on ne se l'attache pas. »

Le soir, elle en parla au général, déjà un peu honteux de sa vivacité, et Harry passa dans le département féminin, où sa vie devint une sorte de paradis. Il était toujours vêtu avec une recherche excessive, portait des fleurs rares à sa boutonnière et savait recevoir les visiteurs avec tact ; son amabilité était imperturbable. Il s'enorgueillissait de cet esclavage auprès d'une jolie femme, acceptait les ordres de Lady Vandeleur comme autant de faveurs, bref il était ravi de se montrer aux autres hommes (qui se moquaient de lui et le méprisaient) dans ses fonctions ambiguës de *monsieur de compagnie*. Il faisait même grand cas de sa propre conduite au point de vue moral. Les passions, les désordres et leurs résultats funestes eussent effrayé sa conscience délicate, au lieu que les émotions douces et innocentes des journées passées chez une noble dame à s'occuper uniquement de futilités, ne troublaient en rien son repos dans cette manière d'île enchantée, où il avait jeté l'ancre au milieu des orages.

Un beau matin il vint dans le salon et se mit à ranger

quelques cahiers de musique sur le piano. Lady Vandeleur, à l'autre bout de la pièce, causait avec son frère, Charlie Pendragon, vieux garçon très usé par les excès et très boiteux d'une jambe. Le secrétaire particulier, à l'entrée duquel ils ne firent aucune attention, ne put s'empêcher d'entendre une partie de cette conversation singulièrement animée.

— Aujourd'hui ou jamais, disait Lady Vandeleur ! Une fois pour toutes, ce sera fait aujourd'hui.

— Aujourd'hui, s'il le faut, répondit son frère en soupirant. Mais c'est un faux pas désastreux, une erreur déplorable, ma chère Clara ; nous nous en repentirons longtemps, croyez-moi.

Lady Vandeleur le regarda fixement d'un air étrange.

— Vous oubliez, dit-elle, que cet homme doit mourir à la fin.

— Ma parole, Clara, dit Pendragon, je crois que vous êtes la coquine la plus dénuée de cœur de toute l'Angleterre !

— Vous autres hommes, répliqua-t-elle, vous êtes trop grossièrement faits, pour pouvoir apprécier les nuances d'une intention. Vous êtes vous-mêmes rapaces, violents, impudiques et indifférents à toute espèce de sentiments élevés ; n'importe, le moindre calcul vous choque de la part d'une femme. Je ne puis supporter de pareilles sornettes. Vous mépriseriez, chez le plus bête de vos semblables, les scrupules imbéciles que vous vous attendez à trouver en nous.

— Vous avez raison probablement, répondit son frère. Vous fûtes toujours bien plus habile que moi, et d'ailleurs, vous savez ma devise : la famille avant tout.

— Oui, Charlie, répliqua-t-elle en serrant sa main dans les siennes ; je connais votre devise, mieux que vous ne la connaissez vous-même. Et Clara avant la famille ! N'est-ce pas ? En vérité, vous êtes le meilleur des frères et je vous aime tendrement.

Mr. Pendragon se leva, comme s'il eût été un peu confus de ces épanchements fraternels.

— Il vaut mieux que je ne sois pas vu ici, dit-il. Je comprends mon rôle à merveille et j'aurai l'œil sur le chat domestique.

— N'y manquez pas, répondit-elle. C'est un être abject ; il pourrait tout perdre.

Délicatement, elle lui envoya un baiser du bout des doigts ; puis le bon Charlie sortit par le boudoir et un petit escalier.

— Harry, dit Lady Vandeleur, se tournant vers son page, aussitôt qu'ils furent seuls, j'ai une commission à vous donner ce matin. Mais vous irez en cab ; je ne puis admettre que mon secrétaire intime s'expose à prendre des taches de rousseur.

Elle dit ces derniers mots avec emphase et un regard d'orgueil à demi maternel qui fit éprouver une véritable jouissance au pauvre Harry ; il se déclara donc charmé de pouvoir lui être utile.

— C'est encore un de nos grands secrets, reprit-elle finement, et personne n'en doit rien savoir, sauf mon secrétaire et moi. Sir Thomas ferait un esclandre des plus fâcheux ; et si vous saviez combien je suis fatiguée de toutes ces scènes ! Oh ! Harry ! Harry ! Pouvez-vous m'expliquer ce qui vous rend, vous autres hommes, si violents et si injustes ? Non, n'est-ce pas ? Vous êtes le seul de votre sexe qui n'entende rien à ces grossièretés ; vous êtes si bon, Harry, et si obligeant ! Vous, au moins, vous savez être l'ami d'une femme. Et je crois que vous rendez les autres encore plus repoussants, par comparaison.

— C'est vous, dit Harry avec une suave galanterie, qui êtes la bonté même... Mon cœur en est tout éperdu. Vous me traitez comme...

— Comme une mère, interrompit Lady Vandeleur.

Je tâche d'être une mère pour vous. Ou du moins, – elle se reprit avec un sourire – presque une mère. J'ai peur d'être un peu jeune pour le rôle, en réalité. Disons une amie, une tendre amie.

Elle s'arrêta assez pour permettre à ses paroles de produire leur effet sur les fibres sentimentales de son interlocuteur, mais pas assez pour qu'il pût répondre

— Tout cela n'a aucun rapport avec notre projet, poursuivit-elle gaîment. En résumé, vous trouverez un grand carton du côté gauche de l'armoire à robes en chêne. Il est sous la *matinée* rose que j'ai mise mercredi avec mes malines ; vous le porterez immédiatement à cette adresse-ci – et elle lui donna un papier – mais ne le laissez à aucun prix sortir de vos mains avant qu'on ne vous ait remis un reçu signé de moi. Comprenez-vous ? Répondez, s'il vous plaît, réponde ; ceci est extrêmement important et je dois vous prier de me prêter quelque attention.

Harry la calma en lui répétant ses instructions à la lettre, et elle allait lui en dire davantage, lorsque le général, rouge de colère, et tenant dans la main une note de couturière, longue et compliquée, entra avec fracas dans l'appartement.

— Voulez-vous regarder cela, madame ? cria-t-il. Voulez-vous avoir la bonté de regarder ce document ? Je sais bien que vous m'avez épousé pour mon argent et je crois n'avoir montré déjà que trop de patience ; mais, aussi sûrement que Dieu m'a créé, nous mettrons un terme à cette prodigalité honteuse.

— Mr. Hartley, dit Lady Vandeleur, je pense que vous avez compris ce que vous avez à faire. Puis-je vous prier de vous en occuper tout de suite ?

— Arrêtez, dit le général, s'adressant à Harry ; un mot avant que vous ne vous en alliez !

Et, se tournant de nouveau vers Lady Vandeleur :

— Quelle est la commission que vous venez de donner

à ce précieux jeune homme ? demanda-t-il. Je n'ai pas plus de confiance en lui que je n'ai confiance en vous, permettez-moi de vous le dire. S'il avait le moindre principe d'honnêteté il dédaignerait de rester dans cette maison, et ce qu'il fait pour mériter ses gages est un mystère qui intrigue tout le monde. De quoi est-il chargé cette fois, madame ? Et pourquoi le renvoyez-vous si vite ?

— Je supposais que vous aviez quelque chose à me dire en particulier, répondit Lady Vandeleur.

— Vous avez parlé d'une commission, reprit le général. N'essayez pas de me tromper dans l'état de colère où je suis. Vous avez certainement parlé d'une commission.

— Si vous tenez à rendre nos gens témoins de nos humiliantes querelles, répliqua Lady Vandeleur, peut-être ferai-je bien de prier Mr. Hartley de s'asseoir. Non ? continua-t-elle ; alors, vous pouvez sortir, Mr. Hartley ; je compte que vous vous souviendrez de ce que vous avez entendu ; cela pourra vous être utile.

Aussitôt Harry s'échappa du salon ; tout en montant l'escalier, il entendit gronder la voix du général ; à chaque pause nouvelle, le timbre clair de Lady Vandeleur renvoyait des reparties glaciales.

Comme il admirait cette femme ! Avec quelle habileté elle savait éluder une question dangereuse ! Avec quelle tranquille audace, elle répétait ses instructions sous le canon même de l'ennemi ! En revanche, comme il détestait le mari !

Il n'y avait rien d'extraordinaire dans les événements de la matinée. Harry s'acquittait à chaque instant pour Lady Vandeleur de missions secrètes, qui avaient principalement rapport à sa toilette. La maison, il le savait trop, était minée par une plaie incurable. La prodigalité, l'extravagance sans bornes de la jeune femme et les charges inconnues qui pesaient sur elle avaient depuis longtemps absorbé sa fortune personnelle et menaçaient, de jour en jour, d'engloutir celle de son mari. Une ou deux fois, chaque année, le scandale et la ruine semblaient imminents ; et Harry courait chez tous les fournisseurs, débitant de petits mensonges et payant de maigres acomptes sur un fort total, jusqu'à ce qu'un nouvel arrangement se fût produit, jusqu'à ce que Mylady et son fidèle secrétaire pussent respirer de nouveau. Harry, pour un double motif, était corps et âme de ce côté de la guerre ; non seulement il adorait Lady Vandeleur et haïssait le général, mais il sympathisait naturellement avec le goût effréné de sa protectrice pour la parure ; la seule folie qu'il se permît, quant à lui, était son tailleur.

Il trouva le carton là où on le lui avait dit, s'habilla, comme toujours, avec soin, et quitta la maison. Le soleil était ardent, la distance qu'il avait à parcourir considérable et il se rappela avec consternation que la soudaine irruption du général avait empêché Lady Vandeleur de lui remettre l'argent nécessaire pour prendre un cab. Par cette journée brûlante, il y avait des chances pour que son beau teint rose fût compromis ; d'ailleurs, traverser une si grande partie de Londres avec un carton sous le bras, c'était une humiliation presque insupportable pour un jeune homme de son caractère. Il s'arrêta et tint conseil avec lui-même. Les Vandeleur demeuraient sur Eaton Place ; le but de sa course était près de Notting Hill ; à la rigueur, il pouvait, à cette heure matinale, traverser le parc, en évitant les allées fréquentées.

Impatient de se débarrasser de son fardeau, il marcha un peu plus vite qu'à l'ordinaire, et il était déjà à une certaine profondeur dans les jardins de Kensington, quand, sur un point solitaire au milieu des arbres, il se trouva face à face avec le général.

— Je vous demande pardon, dit Harry se rangeant de côté, car Sir Thomas Vandeleur était juste dans son chemin.

— Où allez-vous, monsieur ? demanda l'homme terrible.

— Je fais une petite promenade, répondit le secrétaire.

Le général frappa le carton de sa canne.

— Avec cette chose sous le bras ? s'écria-t-il. Vous mentez, monsieur, vous savez que vous mentez.

— En vérité, Sir Thomas, répliqua Harry, je n'ai pas l'habitude d'être questionné sur un ton pareil.

— Vous ne comprenez pas votre situation, dit le général. Vous êtes mon serviteur et un serviteur sur lequel j'ai conçu les plus graves soupçons. Sais-je si votre boîte n'est pas remplie de cuillères d'argent ?

— Elle contient un chapeau qui appartient à un de mes amis, dit Harry.

— Très bien, reprit le général. Alors je désire voir le chapeau de votre ami. J'ai, ajouta-t-il d'un air féroce, une curiosité singulière sur le chapitre des chapeaux. Et je crois que vous me connaissez pour entêté.

— Excusez-moi, Sir Thomas, balbutia Harry, je suis désolé ; mais vraiment il s'agit d'une affaire particulière.

Le général le saisit rudement par l'épaule, d'une main, tandis que, de l'autre, il levait sa canne de la façon la plus menaçante. Harry se vit perdu ; mais, au même instant, le ciel lui envoya un défenseur inattendu, en la personne de Charlie Pendragon, qui surgit de derrière les arbres.

— Allons, allons, général, baissez le poing, dit-il, ceci, vraiment, n'est ni courtois ni digne d'un homme.

— Ah ! ah ! cria le général faisant volte-face sur son nouvel adversaire, Mr. Pendragon ! Et supposez-vous, Mr. Pendragon, que parce que j'ai eu le malheur d'épouser votre sœur, je souffrirai d'être agacé et contrecarré par un libertin perdu de dettes et déshonoré tel que vous ? Mon alliance avec Lady Vandeleur, monsieur, m'a enlevé toute espèce de goût pour les autres membres de sa famille.

— Et vous imaginez-vous, général Vandeleur, répliqua

Charlie, sur le même ton, que parce que ma sœur a eu le malheur de vous épouser, elle ait, par cela même, perdu tous ses droits et tous ses privilèges de femme ? Je reconnais, monsieur, que, par cette action, elle a dérogé autant que possible. Mais pour moi cependant, elle est toujours une Pendragon. Je fais mon affaire de la protéger contre tout outrage indigne, oui, quand vous seriez dix fois son mari ! Je ne supporterai pas que sa liberté soit entravée, ni que l'on maltraite ses messagers.

— Que dites-vous de cela, Mr. Hartley ? rugit le général. Mr. Pendragon est de mon avis, paraît-il ; lui aussi soupçonne Lady Vandeleur d'avoir quelque chose à voir dans le chapeau de votre ami.

Charlie s'aperçut qu'il avait commis une inexcusable bévue, et se hâta de la réparer.

— Comment, monsieur, cria-t-il, je soupçonne, dites-vous ?... Je ne soupçonne rien. Là seulement où je rencontre un abus de force et un homme qui brutalise ses inférieurs, je prends la liberté d'intervenir.

Comme il disait ces mots, il fit à Harry un signe, que celui-ci, trop stupide ou trop troublé, ne comprit pas.

— Comment dois-je interpréter votre attitude, monsieur ? demanda Vandeleur.

— Mais, monsieur, comme il vous plaira ! répondit Pendragon.

Le général leva sa canne de nouveau sur la tête de Charlie ; mais ce dernier, quoique boiteux, para le coup avec son parapluie, prit son élan et saisit son adversaire à bras-le-corps.

— Sauvez-vous, Harry, sauvez-vous ! cria-t-il. Sauvez-vous donc, imbécile !

Harry demeura pétrifié un moment encore, regardant les deux hommes se colleter dans une furieuse étreinte, puis il se retourna et prit la fuite à toutes jambes. Lorsqu'il jeta un regard derrière lui, il vit le général abattu sous le genou de Charlie, mais faisant encore des efforts désespérés pour renverser la situation ; le parc semblait s'être rempli de monde qui accourait de toutes les directions vers le théâtre du combat. Ce spectacle donna des ailes au secrétaire, il ne ralentit le pas que lorsqu'il eut atteint la route de Bayswater et qu'il se fut jeté au hasard dans une petite rue adjacente.

Voir ainsi deux gentlemen de sa connaissance lutter brutalement corps à corps, qu'y avait-il de plus choquant ? Harry avait hâte d'oublier ce tableau ; il avait hâte surtout de mettre entre lui et le général la plus grande distance possible ; dans son ardeur, il oublia tout ce qui avait rapport à sa destination et, tête baissée, tout tremblant, il courut droit devant lui. Lorsqu'il se souvint que Lady Vandeleur était la femme de l'un de ces gladiateurs et la sœur de l'autre, son cœur s'émut de pitié pour l'adorable femme dont la vie était si douloureuse, et, en face d'événements si violents, sa propre situation dans la maison du général lui parut moins agréable que de coutume.

Il marchait depuis quelque temps plongé dans ces méditations, lorsqu'un léger choc contre un autre promeneur lui rappela le carton qu'il portait sous son bras.

— Ciel ! s'écria-t-il, où avais-je la cervelle ? Où me suis-je égaré ?

Là-dessus, il consulta l'enveloppe que Lady Vandeleur lui avait remise. L'adresse y était, mais sans nom. Harry devait simplement demander « le monsieur qui attendait un paquet envoyé par Lady Vandeleur » ; et, si ce monsieur n'était pas chez lui, rester jusqu'à son retour. L'individu en question, ajoutait la note, lui remettrait un reçu écrit de la main même de Lady Vandeleur. Tout ceci semblait bien mystérieux ; ce qui étonna surtout Harry, ce fut l'omission du nom et la formalité du reçu. Il avait fait à peine attention à ce mot, lorsqu'il était tombé dans la conversation ; mais, en le lisant de sang-froid et en l'enchaînant à d'autres particularités singulières, il fut convaincu qu'il était engagé dans quelque affaire périlleuse. L'espace d'un moment, il douta de Lady Vandeleur elle-même ; car il estimait ces ténébreux procédés indignes d'une grande dame et en voulait surtout à celle-ci d'avoir des secrets pour lui. Mais l'empire qu'elle exerçait sur son âme était trop absolu ; il chassa de pénibles soupçons et se reprocha de les avoir seulement admis.

Sur un point cependant, son devoir et son intérêt, son dévouement et ses craintes étaient d'accord : se débarrasser du carton le plus promptement possible.

Il arrêta le premier policeman venu et lui demanda son chemin. Or, il se trouva qu'il n'était plus très loin du but ; quelques minutes de marche l'amenèrent dans une ruelle, devant une petite maison fraîchement peinte et tenue avec la plus scrupuleuse propreté. Le marteau de la porte et le bouton de la sonnette étaient brillamment polis ; des pots de fleurs ornaient l'appui des fenêtres, et des rideaux de riche étoffe cachaient l'intérieur aux yeux des passants. L'endroit avait un air de calme et de mystère ; Harry en fut impressionné ; il frappa encore plus discrètement que d'habitude et, avec un soin tout particulier, enleva la poussière de ses bottes.

Une femme de chambre, fort avenante, ouvrit aussitôt et regarda le secrétaire d'un œil bienveillant.

— Voici le paquet de Lady Vandeleur, dit Harry.

— Je sais, répondit la soubrette, avec un signe de tête. Mais le monsieur est sorti. Voulez-vous me confier cela ?

— Je ne puis, mademoiselle. J'ai l'ordre de ne m'en séparer qu'à une certaine condition, et je crains d'être obligé de vous demander la permission d'attendre.

— Très bien, dit-elle avec empressement ; je suppose que je puis vous laisser entrer. Nous causerons. Je m'ennuie assez toute seule et vous ne me faites pas l'effet d'être homme à vouloir dévorer une jeune fille. Mais ne demandez pas le nom du monsieur, car cela, je ne dois pas vous le dire.

— Vraiment ? s'écria Harry ; comme c'est étrange ! En vérité, depuis quelque temps, je marche de surprise en surprise. Une question cependant, je puis sûrement vous la faire sans indiscrétion : cette maison lui appartient-elle ?

— Non pas. Il en est le locataire, et cela depuis huit jours seulement. Et maintenant question pour question. Connaissez-vous Lady Vandeleur ?

— Je suis son secrétaire particulier, répondit Harry rougissant d'un modeste orgueil.

— Elle est jolie, n'est-ce pas ?

— Oh ! très belle ! s'écria Harry. Infiniment charmante et non moins bonne.

— Vous paraissez vous-même un assez bon garçon, répliqua la jeune fille, goguenarde à demi, et je gage que vous valez dans votre petit doigt une douzaine de Lady Vandeleur.

Harry fut absolument scandalisé.

— Moi ! s'écria-t-il, je ne suis qu'un secrétaire !

— Dites-vous cela pour moi, monsieur, parce que je ne suis qu'une femme de chambre ?

Elle l'avait pris de haut, mais s'adoucit à la vue de la confusion de Harry :

— Je sais que vous n'avez aucune intention de m'humilier, reprit-elle, et j'aime votre figure ; mais je ne pense rien de bon de cette Lady Vandeleur. Oh ! ces grandes dames !... Envoyer un vrai gentleman comme vous porter un carton en plein jour !

Pendant cet entretien, ils étaient restés dans leur première position : elle, sur le seuil de la porte, lui sur le trottoir, nu-tête pour avoir plus frais, et tenant le carton sous son bras.

Mais à ces derniers mots, Harry, qui n'était capable de supporter ni de pareils compliments de but en blanc, ni les regards encourageants dont ils étaient accompagnés, se mit à jeter des regards inquiets à droite et à gauche. Au moment où il tournait la tête vers le bas de la ruelle, ses yeux épouvantés rencontrèrent ceux du général Vandeleur. Le général, dans une prodigieuse excitation dont la chaleur, la colère et une course effrénée étaient cause, battait les rues à la poursuite de son beau-frère ; mais à peine eut-il aperçu le secrétaire coupable que son projet changea ; sa fureur prit un autre cours ; il remonta la rue en tempêtant, avec des gestes et des vociférations farouches.

Harry ne fit qu'un saut dans la maison, y poussa son interlocutrice devant lui et ferma brusquement la porte au nez de l'agresseur.

— Y a-t-il une barre ? Peut-on la poser ? demanda-t-il, pendant qu'on frappait le marteau à faire résonner tous les échos de la maison.

— Voyons, que craignez-vous ? demanda la femme de chambre. Est-ce donc ce vieux monsieur ?

— S'il s'empare de moi, murmura Harry, je suis un homme mort. Il m'a poursuivi toute la journée, il porte une canne à épée et il est officier de l'armée des Indes.

— Ce sont là de jolies manières, dit la petite ; et, s'il vous plaît, quel peut être son nom ?

— C'est le général, mon maître, répondit Harry. Il court après le carton.

— Quand je vous le disais ! s'écria-t-elle d'un air de triomphe. Oui, je vous répète que je pense moins que rien de votre Lady Vandeleur, et, si vous aviez des yeux dans la tête, vous verriez ce qu'elle est, même pour vous. Une ingrate, une fourbe, j'en jurerais !

Le général recommença son attaque désordonnée sur le marteau, et, sa colère croissant avec l'attente, se mit à donner des coups de pied et des coups de poing dans les panneaux de la porte.

— Il est heureux, fit observer la jeune fille, que je sois seule dans la maison ; votre général peut frapper jusqu'à ce qu'il se fatigue, personne n'est là pour lui ouvrir. Suivez-moi !

En prononçant ces mots, elle emmena Harry à la cuisine, où elle le fit asseoir, et elle-même se tint auprès de lui, une main sur son épaule, dans une attitude affectueuse. Bien loin de s'apaiser, le tapage augmentait d'intensité, et, à chaque nouveau coup, l'infortuné secrétaire tremblait jusqu'au fond du cœur.

— Quel est votre nom ? demanda la jeune femme de chambre.

— Harry Hartley, répondit-il.

— Le mien, continua-t-elle, est Prudence. L'aimez-vous ?

— Beaucoup, dit Harry. Mais, écoutez comme le général frappe à la porte. Il l'enfoncera certainement, et alors qu'ai-je à attendre sinon la mort ?

— Vous vous agitez sans raison, répondit Prudence. Laissez votre général cogner à son aise, il n'arrivera qu'à se donner des ampoules aux mains. Pensez-vous que je vous garderais ici, si je n'étais sûre de vous sauver ? Oh ! que non ! Je suis une amie fidèle pour ceux qui me plaisent ; et nous avons une porte par derrière, donnant sur une autre ruelle. Mais, ajouta-t-elle en l'arrêtant, car à peine avait-il entendu cette nouvelle agréable, qu'il s'était levé, – je ne vous montrerai où elle est que si vous m'embrassez. Voulez-vous, Harry ?

— Certes, je le veux ! s'écria-t-il avec une vivacité qui ne lui était guère habituelle. Non pas à cause de votre porte dérobée, mais parce que vous êtes bonne et jolie.

Et il lui appliqua deux ou trois baisers, qui furent rendus avec usure.

Alors Prudence le mena droit à la porte de derrière et, posant sa main sur la clef :

— Reviendrez-vous me voir ? demanda-t-elle.

— Je viendrai sûrement, dit Harry. Ne vous dois-je pas la vie ?

— Maintenant, ajouta-t-elle, ouvrant la porte, courez aussi vite que vous pourrez, car je vais laisser entrer le général.

Harry n'avait pas besoin de cet avis ; la peur l'emportait et il se mit à fuir rapidement. Encore quelques pas, se disait-il, et il échapperait à cette pénible épreuve, il retournerait auprès de Lady Vandeleur la tête haute et en sécurité. Mais ces quelques pas n'étaient point encore franchis lorsqu'il entendit une voix d'homme l'appeler par son nom avec force malédictions, et, regardant par-dessus son épaule, il aperçut Charlie Pendragon, qui lui faisait des deux mains signe de revenir. Le choc que lui causa ce nouvel incident fut si soudain et si profond – Harry était déjà arrivé d'ailleurs à un tel état de surexcitation nerveuse – qu'il ne sut rien imaginer de mieux, que d'accélérer le pas et de poursuivre sa course. Il aurait dû se rappeler la scène de Kensington Gardens et en conclure que là où le général était son ennemi, Charlie Pendragon ne pouvait être qu'un ami. Mais, tels étaient la fièvre et le trouble de son esprit, qu'il ne fut frappé par aucune de ces considérations, et continua seulement à fuir d'autant plus vite le long de la ruelle.

Évidemment Charlie, d'après le son de sa voix et les injures qu'il hurlait contre le secrétaire, était exaspéré. Lui aussi courait tant qu'il pouvait ; mais, quoi qu'il fit, les avantages physiques n'étaient pas de son côté ; ses cris et le bruit de son pied boiteux sur le macadam s'éloignèrent de plus en plus.

Harry reprit donc espoir. La ruelle était à la fois très escarpée et très étroite, mais solitaire, bordée de chaque côté par des murs de jardins où retombaient d'épais feuillages, et aussi loin que portaient ses regards, le fugitif n'aperçut ni un être vivant ni une porte ouverte. La Providence, lasse de le persécuter, favorisait maintenant son évasion.

Hélas ! comme il arrivait devant une porte de jardin couronnée d'une touffe de marronniers, celle-ci fut soudainement ouverte et lui montra dans une allée, la silhouette d'un garçon boucher, portant un panier sur l'épaule. À peine eut-il remarqué ce fait qu'il gagna du terrain ; mais le garçon boucher avait eu le temps de l'observer ; très surpris de voir un gentleman passer à une allure aussi extraordinaire, il sortit dans la ruelle et se mit à interpeller Harry avec des cris d'ironique encouragement.

La vue de ce tiers inattendu inspira une nouvelle idée à Charlie Pendragon qui approchait ; tout hors d'haleine qu'il fût, il éleva de nouveau la voix.

« Arrête, voleur ! » cria-t-il.

Immédiatement le garçon boucher saisit le cri et le répéta en se joignant à la poursuite.

Ce fut un cruel moment pour le secrétaire traqué. Il se sentait à bout de forces et, s'il rencontrait quelqu'un venant en sens inverse de ses persécuteurs, sa situation dans cette étroite ruelle serait en vérité désespérée.

« Il faut que je trouve un endroit où me cacher, pensa-t-il ; et cela en une seconde, ou, tout est fini pour moi ! »

À peine cette idée avait-elle traversé son esprit que la rue, faisant un coude, le dissimula aux yeux de ses ennemis. Il y a des circonstances dans lesquelles les hommes les moins énergiques apprennent à agir avec vigueur et décision, où les plus circonspects oublient leur prudence et prennent les résolutions téméraires. Une de ces circonstances se présenta pour Harry Hartley ; ceux qui le connaissaient eussent été bien surpris de l'audace du jeune homme. Il s'arrêta net, jeta le carton par-dessus le mur d'un jardin et, sautant en l'air avec une agilité incroyable, il saisit des deux mains la crête de ce mur, puis se laissa rouler de l'autre côté.

Il revint à lui un moment après et se trouva assis dans une bordure de petits rosiers. Ses mains et ses pieds déchirés saignaient, car le mur était protégé contre de pareilles escalades par une ample provision de bouteilles cassées ; il éprouvait une courbature générale et un vertige pénible dans la tête. En face de lui, à l'autre extrémité du jardin, admirablement tenu et rempli de fleurs aux parfums délicieux, il aperçut le derrière d'une maison. Elle était très grande et certainement habitable ; mais, par un contraste singulier avec l'enclos environnant, elle était délabrée, mal entretenue et d'apparence sordide. Quant au mur du jardin, de tous côtés il lui parut intact.

Harry constata machinalement ces détails, mais son esprit restait incapable de coordonner les faits ou de tirer une conclusion rationnelle de ce qu'il voyait. Et, lorsqu'il entendit des pas approcher sur le gravier, aucune pensée de défense ni de fuite ne lui vint à l'esprit.

Le nouvel arrivant était un grand et gros individu, fort sale, en costume de jardinage, qui tenait un arrosoir dans la main gauche. Quelqu'un de moins troublé eût éprouvé une certaine alarme à la vue des proportions colossales et de la mauvaise physionomie de cet homme. Mais Harry était encore trop profondément ému par sa chute pour pouvoir même être terrifié ; quoiqu'il se sentît incapable de détourner ses regards du jardinier, il resta absolument passif et le laissa s'approcher de lui, le prendre par les épaules et le remettre brutalement debout, sans le moindre signe de résistance.

Tous deux se regardèrent dans le blanc des yeux, Harry fasciné, l'homme avec une expression dure et méprisante.

— Qui êtes-vous ? demanda enfin ce dernier. Qui êtes-vous pour venir ainsi, par-dessus mon mur, briser mes

Gloire de Dijon[1] ? Quel est votre nom ? ajouta-t-il en le secouant. Et que pouvez-vous avoir à faire ici ?

Harry ne réussit pas à prononcer un seul mot d'explication.

Mais au même instant, Pendragon et le garçon boucher passaient dans la ruelle, et leurs pas, leurs cris rauques résonnèrent bruyamment de l'autre côté du mur :

— Au voleur ! au voleur !

Le jardinier savait ce qu'il voulait savoir, et, avec un sourire menaçant, il dévisagea Harry.

— Un voleur ! dit-il ; ma parole, vous devez tirer bon profit de votre métier, car vous êtes habillé comme un prince depuis la tête jusqu'aux pieds. N'êtes-vous pas honteux de vous exposer aux galères dans une telle toilette, alors que d'honnêtes gens, j'ose le dire, s'estimeraient heureux d'acheter de seconde main une si élégante défroque ? Parlez, chien que vous êtes ; vous comprenez l'anglais, je suppose, et je compte avoir un bout de conversation avec vous, avant de vous mener au poste.

— Mon Dieu, dit Harry, voilà une épouvantable méprise ! Si vous voulez venir avec moi chez Sir Thomas Vandeleur, Eaton Place, je puis vous certifier que tout sera éclairci. Les gens les plus honnêtes, je le vois maintenant, peuvent être entraînés dans des situations suspectes.

— Mon garçon, répliqua le jardinier, je n'irai pas plus loin que le poste de police de la rue voisine. Le commissaire sera, sans doute, charmé de faire une promenade avec vous jusqu'à Eaton Place et de prendre une tasse de thé avec vos nobles relations. Sir Thomas Vandeleur, en vérité ! Peut-être pensez-vous que je ne suis pas capable de reconnaître un vrai gentleman, lorsque j'en vois un, d'un saute-ruisseau comme vous ? Malgré vos affiquets, je puis lire en vous

1. En français dans le texte.

comme en un livre. Voici une chemise qui a peut-être coûté aussi cher que mon chapeau du dimanche ; et cette jaquette, je le parierais, ne vient pas de la foire aux haillons ; quant à vos bottes...

L'homme dont les yeux s'étaient abaissés vers le sol, s'arrêta net dans son insultante énumération et resta un moment immobile, regardant avec stupeur quelque chose à ses pieds. Lorsqu'il parla, sa voix était singulièrement changée.

— Qu'est-ce ? bégaya-t-il, qu'est-ce que tout ceci ?

Harry, suivant la direction de son regard, aperçut une chose qui le rendit muet de terreur et d'étonnement. Dans sa chute, il était retombé verticalement sur le carton et l'avait crevé d'un bout à l'autre. Un flot de diamants s'en était échappé, et maintenant les pierres gisaient pêle-mêle les unes enfoncées dans la terre, les autres disséminées sur le sol, en profusion royale et resplendissante. Il y avait là une splendide couronne héraldique qu'il avait souvent admirée sur les cheveux de Lady Vandeleur ; il y avait des bagues et des broches, des boucles d'oreilles et des bracelets, même des brillants non montés, répandus çà et là parmi les buissons, comme des gouttes de rosée le matin. Une fortune princière couvrait le sol, entre les deux hommes, une fortune sous la forme la plus séduisante, la plus solide et la plus durable, pouvant être emportée dans un tablier, magnifique par elle-même et dispersant la lumière du soleil en des millions d'étincelles prismatiques.

« Grand Dieu ! dit Harry ; je suis perdu ! »

Son esprit, avec l'incalculable rapidité de la pensée, se reporta vers les aventures de la journée ; il commença vaguement à comprendre, à grouper les événements et à reconnaître le fatal imbroglio dans lequel sa propre personne avait été enveloppée. Regardant autour de lui, il parut chercher du secours ; mais non, il était dans le jardin, seul avec les diamants répandus et un redoutable interlocuteur ;

en prêtant l'oreille, il n'entendit plus aucun son, sauf le bruissement des feuilles et les battements précipités de son cœur. Il n'y avait rien d'étonnant à ce que le jeune homme se sentît à bout de courage et répétât d'une voix brisée sa dernière exclamation.

« Je suis perdu ! »

Le jardinier regarda dans toutes les directions d'un air anxieux ; mais aucune tête ne paraissait à aucune fenêtre et il sembla respirer plus à l'aise.

« Reprenez courage, idiot que vous êtes ! dit-il enfin. Le pire est passé. Ne pouviez-vous dire tout de suite, qu'il y en avait suffisamment pour deux ? Pour deux ? répéta-t-il ; bah ! pour deux cents plutôt. Mais partons d'ici où nous pouvons être observés et, vite, remettez votre chapeau droit sur votre tête, brossez un peu vos habits. Vous ne pourriez faire deux pas, dans la tenue ridicule que vous avez en ce moment. »

Pendant que Harry suivait machinalement ses conseils, le jardinier, à genoux, rassembla les joyaux épars et les remit dans le carton. Toucher ces pierres précieuses fit passer un frisson d'émotion dans l'enveloppe épaisse du rustre ; sa physionomie se transfigura et ses yeux brillèrent de convoitise ; en vérité, il semblait qu'il prolongeât voluptueusement son occupation et qu'il caressât chaque diamant en le ramassant avec soin. À la fin, il cacha le carton sous sa blouse, fit signe à Harry, puis, en le précédant, se dirigea vers la maison.

Près de la porte, ils rencontrèrent un jeune clergyman, brun et d'une beauté remarquable, très correctement vêtu, selon la coutume de ceux de son état. Le jardinier fut visiblement contrarié de cette rencontre, mais il aborda l'ecclésiastique d'un air obséquieux.

— Une belle journée, Mr. Rolles ! commença-t-il ; une belle journée, aussi sûr que Dieu la fit ! Et voici un ami à moi qui a eu la fantaisie de venir admirer mes roses. J'ai pris la liberté de le faire entrer, pensant que les locataires n'y verraient pas d'inconvénient.

— Quant à moi, répondit le Révérend Mr. Rolles, je n'en vois aucun, cela va sans dire. Le jardin vous appartient, Mr. Raeburn, vos locataires ne doivent pas l'oublier et, parce que vous nous avez permis de nous y promener, il serait singulier de vous empêcher de recevoir qui bon vous semble. Mais, en réfléchissant, ajouta-t-il, je crois que monsieur et moi, nous nous sommes déjà rencontrés. Mr. Hartley, n'est-ce pas ? Je vois avec regret que vous avez fait une chute.

Et il tendit la main à Harry.

Une sorte de dignité craintive, jointe au désir de retarder le plus possible les explications, poussa celui-ci à refuser une chance inespérée de secours et à nier sa propre identité. Il préféra la pitié clémente du jardinier, qui, du moins, lui était inconnu, à la curiosité et peut-être au soupçon de quelqu'un de sa connaissance.

— Vous faites erreur, dit-il. Mon nom est Thomlinson et je suis un ami de Mr. Raeburn.

— Vraiment ? s'écria Mr. Rolles. La ressemblance est frappante !

Raeburn, qui avait été sur les épines pendant ce colloque, jugea qu'il était grand temps de le terminer.

— Je vous souhaite une promenade agréable, monsieur, dit-il.

En prononçant ces mots, il entraîna Harry vers la maison et ensuite dans une chambre qui donnait sur le jardin. Là, son premier soin fut de baisser les jalousies, car Mr. Rolles était resté à l'endroit où ils l'avaient laissé, dans une attitude de perplexité et de réflexion. Puis il vida le carton rompu sur une table et, se frottant les mains, demeura en contemplation devant le trésor ainsi étalé aux regards, avec une expression d'avidité extatique. La vue de cette ignoble figure devenue tout à fait bestiale, sous l'influence de sa basse passion, ajouta une nouvelle torture à celles dont Harry souffrait déjà. Il lui semblait impossible, que, de sa vie de frivolité innocente et douce, il fut ainsi subitement jeté dans des relations criminelles. Il ne pouvait reprocher à sa conscience aucun acte coupable, et cependant la punition du péché sous sa forme la plus aiguë et la plus cruelle s'appesantissait sur lui : l'effroi du châtiment, les soupçons des bons et la promiscuité flétrissante avec des natures inférieures. Il sentit qu'il donnerait sa vie avec joie pour sortir de la chambre et pour échapper à la société d'un Raeburn.

— Et maintenant, dit ce dernier, après qu'il eut divisé les bijoux en deux parts à peu près égales et attiré devant lui la plus grosse, et maintenant, toutes choses en ce monde se paient. Vous saurez, Mr. Hartley, si tel est votre nom, que je suis un brave homme d'un caractère très accommodant ; ma bonne nature a été pour moi une pierre d'achoppement en ce monde, depuis le commencement jusqu'à la fin. Je pourrais empocher la totalité de ces jolis cailloux, et vous n'auriez pas un mot à dire ; mais je n'ai pas le cœur de vous tondre de si près. Par pure bonté, je propose donc de partager comme ceci – le drôle indiquait les deux tas. Voilà des proportions qui me semblent justes et amicales. Avez-vous quelque objection à soulever, Mr. Hartley, je vous le demande ? Je ne suis pas homme à discuter pour une broche.

— Mais, monsieur, s'écria Harry, ce que vous me proposez est impossible. Les joyaux ne sont pas à moi ; avec n'importe qui, et en quelque proportion que ce soit, je ne puis partager ce qui appartient à un autre.

— Ils ne sont pas à vous ? Bah !... répliqua Raeburn ; et vous ne sauriez les partager avec personne ? Tant pis ! C'est grand dommage ; car alors je me vois obligé de vous conduire au poste. La police ! réfléchissez-y, continua-t-il. Pensez à la honte pour vos respectables parents ; pensez, poursuivit-il, saisissant Harry par le poignet, pensez aux colonies et au jour du jugement.

— Je n'y puis rien ! gémit Harry. Ce n'est pas ma faute ; vous ne voulez pas venir avec moi à Eaton Place ?

— Non, répondit le jardinier, je ne le veux pas, cela est certain, et j'entends partager ici ces joujoux avec vous.

Disant cela, très violemment et à l'improviste, il tordit le poignet du jeune homme.

Harry ne put réprimer un cri, et la sueur perla sur son front. Peut-être la souffrance et la peur éveillèrent-elles son intelligence, mais assurément toute l'aventure se révéla à ses yeux sous un nouveau jour ; il vit qu'il n'y avait rien à faire, sauf de céder aux propositions du misérable, en gardant l'espoir de retrouver plus tard sa maison, pour lui faire rendre gorge dans des conditions plus propices, alors que lui-même serait à l'abri de tout soupçon.

— Je consens, dit-il.

— Voilà un agneau, ricana le jardinier ; je pensais bien qu'à la fin vous comprendriez votre intérêt. Ce carton, continua-t-il, je le brûlerai avec mes gravois. C'est une chose que pourraient reconnaître des gens curieux ; quant à vous, ratissez vos splendeurs et fourrez-les dans votre poche.

Harry se mit à obéir, sous la surveillance de Raeburn ; de temps en temps, celui-ci, tenté par quelque scintillement, enlevait un bijou de la part du secrétaire pour l'ajouter à la sienne.

Quand ce fut terminé, tous les deux se dirigèrent vers la porte de la rue, que Raeburn ouvrit avec précaution pour inspecter les alentours. Ils étaient probablement déserts ; car soudain ce brutal saisit Harry par la nuque et, lui maintenant la tête baissée de façon à ce qu'il ne pût voir que la route et les seuils des maisons, il le poussa ainsi devant lui, descendant une rue et en remontant une autre pendant peut-être l'espace d'une minute et demie. Harry compta trois tournants avant que son bourreau ne relâchât l'étreinte sous laquelle il fléchissait ; alors, criant « Filez » le jardinier, d'un coup de pied vigoureux et bien appliqué, l'envoya rouler au loin la tête la première.

Lorsque Harry se releva, à moitié assommé et saignant du nez, Mr. Raeburn avait disparu. Pour la première fois, la colère et la douleur dominèrent tellement le jeune homme, qu'il éclata en une crise de larmes et resta sanglotant au milieu du chemin.

Lorsqu'il eut ainsi un peu calmé ses nerfs, il se mit à regarder autour de lui et à lire les noms des rues au croisement desquelles on l'avait laissé. Il était toujours dans une partie peu fréquentée du quartier ouest de Londres, au milieu de villas et de grands jardins ; mais il aperçut à une fenêtre quelques personnes qui évidemment avaient assisté à son malheur. Une servante sortit en courant de la maison et vint lui offrir un verre d'eau. Au même moment, un vagabond, qui rôdait alentour, s'approcha, de l'autre côté.

— Pauvre garçon ! dit la servante ; comme on vous a traité méchamment ! Vos genoux sont tout percés et vos vêtements en loques ! Connaissez-vous le gredin qui vous a battu ainsi ?

— Oui, certes ! s'écria Harry, un peu rafraîchi par le verre d'eau, et je le poursuivrai en dépit de ses précautions. Il paiera cher sa besogne d'aujourd'hui, je vous en réponds.

— Vous feriez mieux d'entrer dans la maison, pour vous laver et vous brosser, continua la servante. Ma maîtresse vous recevra de bon cœur, ne craignez rien. Et je vais ramasser votre chapeau. Mais, Dieu du ciel ! cria-t-elle, si vous n'avez pas semé des diamants tout le long de la route !...

En effet, une bonne moitié de ce qui lui restait après le pillage de maître Raeburn, était tombé hors de sa poche par la secousse de son saut périlleux et, une fois de plus, gisait, étincelant sur le sol. Il bénit la fortune de ce que la servante avait eu l'œil prompt. « Rien de si mauvais qui ne puisse être pire », pensa-t-il. Retrouver ces quelques joyaux lui sembla presque une aussi grande affaire que la perte de tout le reste. Mais, hélas ! comme il se baissait pour recueillir ses trésors, le vagabond fit une sortie adroite et inattendue ; d'un mouvement de bras il renversa à la fois Harry et la servante, ramassa deux poignées de diamants et se sauva le long de la rue avec une vélocité incroyable.

Le volé, aussitôt qu'il put se remettre sur ses pieds, essaya de poursuivre son voleur ; mais ce dernier était trop léger à la course et probablement trop bien au courant des lieux car, de quelque côté qu'il se tournât, le pauvre Hartley n'aperçut aucune trace du fugitif.

Dans le plus profond découragement, il revint sur la scène de ce désastre ; la servante était toujours là ; très honnêtement, elle lui rendit son chapeau et le reste des diamants éparpillés. Harry la remercia de tout son cœur ; n'étant plus d'humeur à faire des économies, il se dirigea vers une station de fiacres et partit pour Eaton Place en voiture.

À son arrivée, la maison semblait en pleine confusion, comme si quelque catastrophe était arrivée dans la famille, et les domestiques, rassemblés sous le porche, ne retinrent pas leur hilarité en voyant la mine piteuse, les habits déguenillés du secrétaire. Il passa devant eux, avec autant de dignité qu'il put en assumer et alla directement au boudoir de sa noble maîtresse. Quand il ouvrit la porte, un spectacle qui ne laissa pas de l'étonner en l'inquiétant fort se présenta devant ses yeux, car il vit réunis le général et sa femme et, qui l'eût pensé ? Charlie Pendragon lui-même, discutant gravement quelque sujet d'importance ! Harry comprit aussitôt qu'il lui restait peu de chose à expliquer :

une confession plénière avait évidemment été faite au général du vol prémédité contre lui et du résultat lamentable de ce projet ; ils s'étaient tous ligués, malgré leurs différends, pour conjurer le danger commun.

— Grâce au ciel ! s'écria Lady Vandeleur, le voici ! Le carton, Harry, le carton !

Mais Harry se tenait debout, silencieux et désespéré.

— Parlez ! ordonna-t-elle, parlez ! Où est le carton ?

Et les deux hommes, avec des gestes menaçants, répétèrent la demande.

Harry sortit une poignée de diamants de sa poche. Il était très pâle.

— Voici tout ce qui reste, dit-il ; je jure devant Dieu, qu'il n'y a pas de ma faute, et, si vous voulez avoir un peu de patience, quoique quelques bijoux soient perdus, je le crains bien, pour toujours, d'autres, j'en suis sûr, peuvent encore être retrouvés.

— Hélas ! s'écria Lady Vandeleur, tous nos diamants ont disparu, et je dois quatre-vingt-dix mille livres pour mes toilettes !

— Madame, répliqua le général, vous auriez pu faire des dettes pour cinquante fois la somme que vous dites, vous auriez pu me dépouiller de la couronne et de l'anneau de ma mère, que j'aurais peut-être eu la lâcheté de vous pardonner quand même. Mais, vous avez volé le diamant du Rajah, l'œil de la lumière, comme les Orientaux le nommaient poétiquement, l'orgueil de Kashgar ! Vous m'avez pris le diamant du Rajah, cria-t-il en levant les mains vers le ciel, tout est fini entre nous !

— Croyez-moi, général, répondit-elle ; voici un des plus agréables discours que j'aie jamais entendu tomber de vos lèvres ; et, puisque nous devons être ruinés, je pourrai presque bénir ce changement, s'il me délivre de votre présence. Vous m'avez assez souvent répété que je vous avais épousé pour votre argent ; laissez-moi vous dire maintenant que je me suis toujours cruellement repentie de ce marché. Si vous étiez encore à marier, quand vous posséderiez un diamant plus gros que votre tête, je dissuaderais même ma femme de chambre d'une union aussi peu séduisante. Quant à vous, Mr. Hartley, continua-t-elle en se tournant vers le secrétaire, vous avez suffisamment montré dans cette maison vos précieuses qualités ; nous sommes maintenant convaincus que vous manquez totalement de bravoure, de sens commun, et du respect de vous-même ; je n'ai qu'un conseil à vous donner : éloignez-vous sur-le-champ, et ne revenez plus. Pour vos gages, vous pourrez prendre rang comme créancier dans la banqueroute de mon ex-mari.

Hartley avait à peine compris ces paroles insultantes, que le général lui en adressait d'autres :

— Et en attendant, monsieur, suivez-moi chez le plus proche commissaire de police. Vous pouvez en imposer à un soldat crédule, mais l'œil de la loi lira votre honteux secret. Si, par suite de vos basses intrigues avec ma femme, je dois passer ma vieillesse dans la misère, j'entends du moins que vous ne demeuriez pas impuni. Et le ciel me refusera une très grande satisfaction si, à partir d'aujourd'hui, monsieur, vous ne triez pas de l'étoupe jusqu'à votre dernière heure.

Là-dessus, le général poussa Harry hors du salon, lui fit descendre vivement l'escalier et l'entraîna dans la rue, jusqu'au poste de police.

Ici, dit mon auteur arabe, finit la triste HISTOIRE DU CARTON À CHAPEAU. Mais pour notre infortuné secrétaire, cette aventure fut le commencement d'une vie nouvelle et plus honorable. La police se laissa aisément convaincre de son innocence et, après qu'il eut fourni toute l'aide possible dans les recherches qui suivirent, il fut même complimenté par un des chefs du service des *Détectives,* pour l'honnêteté et la droiture de sa conduite. Plusieurs personnes s'intéressèrent à ce jeune homme si malheureux ; à peu de temps de là, une tante non mariée, dans le Worcestershire, lui laissa par héritage une certaine somme d'argent. Avec cela, il épousa l'accorte Prudence et s'embarqua pour Bendigo, ou, suivant un autre renseignement, pour Trincomalee, satisfait de son sort et ayant devant lui le meilleur avenir.

Histoire du jeune clergyman

Le Révérend Mr. Simon Rolles s'était fort distingué dans les sciences morales et spécialement dans l'étude de la théologie. Son essai sur « La doctrine chrétienne des devoirs sociaux » lui acquit, au moment de sa publication, une certaine célébrité à l'Université d'Oxford, et c'était chose connue dans les cercles cléricaux que le jeune Mr. Rolles avait en préparation un ouvrage important – un in-folio disait-on – traitant de l'autorité des Pères de l'Église. Ces hautes capacités, ces travaux ambitieux, ne lui valaient cependant aucun avancement ; il attendait sa première cure, quand la promenade fortuite qui le conduisit dans une partie peu fréquentée de Londres, l'aspect paisible et solitaire d'un jardin délicieux, le bas prix, en outre, du logement qui s'offrait, l'amenèrent à fixer sa résidence chez Mr. Raeburn, le pépiniériste de Stockdove Lane.

Ce studieux personnage, Simon Rolles, avait coutume, chaque après-midi, après avoir travaillé sept ou huit heures sur Saint Ambroise ou Saint Jean Chrysostome, de se promener un peu en rêvant au milieu des roses, et c'était là d'ordinaire un des moments les plus féconds de sa journée. Mais l'amour même de la méditation et l'intérêt des plus graves problèmes ne suffisent pas toujours à préserver l'esprit d'un philosophe des menus chocs et des contacts malsains du monde. Aussi, quand Mr. Rolles trouva le secrétaire du général Vandeleur dans une si étrange situation, les vêtements déchirés, le visage sanglant, en compagnie de son propriétaire, quand il vit ces deux hommes, si peu faits pour être réunis, changer de couleur et s'efforcer d'éluder ses questions, surtout, lorsque le premier nia sa propre identité avec une assurance inqualifiable, oublia-t-il complètement et les Saints et les Pères de l'Église pour céder à un très vulgaire sentiment de curiosité.

« Je ne puis me tromper, pensa-t-il, c'est Mr. Hartley, cela est hors de doute. Comment s'est-il mis dans cet état ? Pourquoi cache-t-il son nom ? Que peut-il avoir à faire avec la brute de mon propriétaire ? »

Pendant qu'il réfléchissait, une autre particularité attira l'attention de Rolles. La tête du pépiniériste apparut à une fenêtre de la maison, et, par hasard, ses yeux rencontrèrent ceux de l'ecclésiastique. Il parut déconcerté, voire même inquiet, et aussitôt la jalousie fut violemment baissée.

« Tout cela peut être fort innocent, se dit Simon Rolles ; mais j'en doute. Pour craindre autant d'être observés, pour mentir avec cet aplomb, il faut que ces deux individus étrangement accouplés complotent quelque action peu honorable. »

L'inquisiteur qui existe au fond de chacun de nous s'éveilla chez Mr. Rolles et éleva la voix très haut ; d'un pas vif et impatient, qui ne ressemblait guère à sa démarche habituelle, le jeune homme se mit à faire le tour du jardin. Lorsqu'il arriva sur le théâtre de l'escalade de Hartley, ses yeux remarquèrent aussitôt les branches rompues d'un rosier et sur le sol des traces de piétinements. Il regarda en l'air et vit des briques endommagées, même un lambeau de pantalon qui flottait, accroché à un tesson de bouteille. C'était donc là, vraiment, le mode d'introduction choisi par l'intime ami de Mr. Raeburn ! C'était de cette façon que le secrétaire du général Vandeleur venait admirer un parterre de roses ! Le jeune clergyman sifflota doucement entre ses dents, pendant qu'il se baissait pour examiner les lieux. Il put facilement retrouver l'endroit où Harry était tombé après son escalade ; il reconnut le large pied de Raeburn là où il s'était profondément enfoncé, alors qu'il relevait le malencontreux secrétaire par le collet de son habit ; même, après une inspection plus minutieuse, il crut distinguer des marques de doigts tâtonnants, comme si quelque chose avait été répandu et ramassé à la hâte.

« Ma foi, se dit-il, la chose devient extrêmement intéressante. »

Et, au même instant, il aperçut un objet, aux trois quarts enfoui. Il eut vite fait de le déterrer ; c'était un élégant écrin en maroquin, avec des ornements et des fermoirs dorés. Cet écrin avait été foulé aux pieds jusqu'à disparaître dans le terreau épais, – de sorte qu'il avait échappé aux recherches précipitées de Mr. Raeburn. Simon Rolles ouvrit l'écrin et, saisi d'étonnement, presque de terreur, il étouffa un cri. Là, devant lui, sur un lit de velours vert, gisait un diamant d'une grosseur prodigieuse et de la plus belle eau. Il était de la dimension d'un œuf de canard, magnifiquement taillé, sans un défaut ; lorsque le soleil donna dessus, il renvoya une lumière semblable à celle de l'électricité et parut brûler de mille feux intérieurs dans la main qui le tenait.

Mr. Rolles se connaissait peu en pierres précieuses, mais le diamant du Rajah était une de ces merveilles célèbres qui s'expliquent d'elles-mêmes ; un sauvage, s'il l'eût trouvé, se serait prosterné devant lui en adoration comme devant un fétiche. La beauté de la pierre charma les yeux du jeune clergyman ; la pensée de son incalculable valeur accabla son esprit. Il comprit que ce qu'il tenait là dépassait de beaucoup les revenus longuement accumulés d'un siège archiépiscopal, que cela suffisait pour bâtir des cathédrales plus splendides que celle de Cologne, que l'homme qui possédait un tel objet était à jamais délivré de la malédiction de la gêne et pouvait suivre ses propres inclinations, sans inquiétude ni obstacle. Comme il le retournait avec vivacité, les rayons jaillirent plus éblouissants encore et semblèrent pénétrer jusqu'au fond de son cœur.

Nos actions décisives sont souvent résolues en un moment et sans que notre raison y consente. Il en fut ainsi pour Mr. Rolles. Il regarda autour de lui et, de même que Raeburn auparavant, ne vit que le jardin en fleur, éclairé par le soleil, les hautes cimes des arbres et la maison avec ses fenêtres aux jalousies baissées ; en un clin d'œil, il eut refermé l'écrin, le fit disparaître dans sa poche et courut vers son cabinet de travail avec la précipitation d'un criminel. C'en était fait. Le Révérend Simon Rolles avait volé le diamant du Rajah.

De bonne heure, dans l'après-midi, la police arriva avec Harry Hartley. Le pépiniériste, éperdu de terreur, apporta aussitôt son butin ; les joyaux furent reconnus et inventoriés en présence du secrétaire. Quant à Mr. Rolles, il montra la plus parfaite obligeance et sembla communiquer franchement ce qu'il savait, en exprimant son regret de ne pouvoir faire davantage pour aider les agents dans l'accomplissement de leur devoir.

— Du reste, ajouta-t-il, je suppose que votre tâche est presque terminée ?

— Pas du tout, répondit l'homme de Scotland Yard.

Il raconta le second vol dont Harry avait été victime, en décrivant les bijoux les plus importants parmi ceux qui n'étaient pas encore retrouvés, et en s'étendant particulièrement sur le fameux diamant du Rajah.

— Ce diamant doit valoir une fortune, fit observer Mr. Rolles.

— Dix fortunes, vingt fortunes, lança l'officier.

— Plus il a de prix, insinua finement Simon, plus il doit être difficile de le vendre. De tels objets ont une physionomie impossible à déguiser, et je me figure que le voleur pourrait aussi facilement mettre en vente la cathédrale de Saint-Paul.

— Oh ! sûrement ! lui répondit-on ; mais, s'il est intelligent, il le coupera en trois ou en quatre, et il y en aura encore assez pour le rendre riche.

— Merci, dit le *clergyman* ; vous ne pouvez imaginer combien votre conversation m'intéresse.

Là-dessus, l'agent, visiblement flatté, reconnut que, dans sa profession, on savait en effet bien des choses extraordinaires ; il prit congé ensuite.

Mr. Rolles regagna son appartement, qu'il trouva plus petit et plus nu que d'habitude ; jamais les matériaux de son grand ouvrage ne lui avaient offert aussi peu d'intérêt, et il regarda sa bibliothèque d'un œil de mépris. Il prit, volume par volume, plusieurs Pères de l'Église, et les parcourut ; mais ils ne contenaient rien qui pût convenir à sa disposition d'esprit actuelle.

« Ces vénérables personnages, pensa-t-il, sont, sans aucun doute, des écrivains de grande valeur, mais ils me semblent absolument ignorants de la vie. Me voici assez savant pour être évêque, et incapable néanmoins d'imaginer ce qu'il faut faire d'un diamant volé. J'ai recueilli une indication de la bouche d'un simple *policeman* qui en sait plus long que moi et, avec tous mes in-folios, je ne puis arriver à me servir de son idée. Ceci m'inspire une bien faible estime pour l'éducation universitaire. »

Là-dessus, il bouscula sa tablette de livres ; et, prenant son chapeau, sortit à grands pas de la maison, pour courir vers le club dont il faisait partie. Dans un lieu de réunion mondaine, il espérait trouver de bons conseils, réussir à causer avec un membre quelconque qui eût cette grande expérience de la vie dont les Pères de l'Église étaient dépourvus. Mais non, la salle de lecture n'abritait que beaucoup de prêtres de campagne et un doyen. Trois journalistes et un auteur qui avait écrit sur les Métaphysiques supérieures jouaient au pool ; rien à faire avec ceux-ci ! À dîner, les plus vulgaires seulement des habitués du club montrèrent leurs figures banales et effacées. Aucun d'entre eux non plus, pensa Mr. Rolles, n'en saurait plus long que lui, aucun ne serait capable de le tirer des difficultés présentes.

À la fin, dans le fumoir, il découvrit un gentleman du port le plus majestueux et vêtu avec une affectation de simplicité. Il fumait un cigare et lisait la *Fortnightly Review* ; sa figure était extraordinairement libre de tout indice de préoccupation ou de fatigue ; il y avait quelque chose dans son air qui semblait inviter à la confiance et commander la soumission. Plus le jeune *clergyman* scrutait ses traits, plus il était convaincu qu'il venait de tomber sur celui qui pouvait, entre tous, offrir un avis utile.

— Monsieur, commença-t-il, vous excuserez ma hardiesse. Mais sans préambules, d'après votre apparence, je juge que vous devez être avant tout, un homme du monde.

— J'ai en effet de grandes prétentions à ce titre, répondit l'étranger en déposant sa revue avec un regard mélangé de surprise et d'amusement.

— Moi, monsieur, continua le *clergyman*, je suis un reclus, un étudiant, un compulseur de bouquins. Les événements m'ont fait reconnaître ma sottise depuis peu et je désire apprendre la vie. Quand je dis la vie, ajouta-t-il, je n'entends pas ce qu'on en trouve dans les romans de Thackeray, mais les crimes, les aventures secrètes de notre société, et les principes de sage conduite à tenir dans des circonstances exceptionnelles. Je suis un travailleur, monsieur ; la chose peut-elle être apprise dans les livres ?

— Vous me mettez dans l'embarras, dit l'étranger ; j'avoue n'avoir pas grande idée de l'utilité des livres, sauf comme amusement pendant un voyage en chemin de fer. Il existe toutefois, je suppose, quelques traités très exacts sur l'astronomie, l'agriculture et l'art de faire des fleurs en papier. Sur les emplois secondaires de la vie, je crains que vous ne trouviez rien de véridique. Cependant, attendez, ajouta-t-il ; avez-vous lu Gaboriau ?

Mr. Rolles avoua qu'il n'avait même jamais entendu ce nom.

— Vous pouvez recueillir quelques renseignements dans Gaboriau ; il est du moins suggestif ; et, comme c'est un auteur très étudié par le prince de Bismarck, au pire, vous perdrez votre temps en bonne compagnie.

— Monsieur, dit le *clergyman*, je vous suis infiniment reconnaissant de votre obligeance.

— Vous m'avez déjà plus que payé, répondit l'autre.

— Comment cela ? demanda le naïf Simon.

— Par l'originalité de votre requête, riposta l'étranger. Et, avec un geste poli, comme pour en demander la permission, il reprit la lecture de la *Fortnightly Review*.

Avant de rentrer chez lui, Mr. Rolles acheta un ouvrage sur les pierres précieuses et plusieurs romans de Gaboriau. Il parcourut avidement ces derniers, jusqu'à une heure avancée de la nuit ; mais, bien qu'ils lui ouvrissent plusieurs horizons nouveaux, il ne put y découvrir, nulle part, ce qu'on devait faire d'un diamant volé. Il fut du reste fort ennuyé de trouver ces informations peu complètes, répandues au milieu d'histoires romanesques, au lieu d'être présentées sobrement, comme dans un manuel ; et il en conclut que si l'auteur avait beaucoup réfléchi sur ces sujets, il manquait totalement de méthode. Cependant, il accorda son admiration au caractère et aux talents de M. Lecoq.

— Celui-là, se dit-il, était vraiment un grand homme,

connaissant le monde comme je connais la théologie. Il n'y avait rien ici-bas qu'il ne pût mener à bien de sa propre main, envers et contre tous. Ciel ! s'écria soudainement Mr. Rolles, n'est-ce pas une leçon ? Ne dois-je pas apprendre à tailler des diamants moi-même ?...

Cette idée le tirait de ses perplexités ; il se souvint qu'il connaissait un joaillier à Édimbourg. Ce Mr. Mac-Culoch ne demanderait pas mieux que de lui procurer l'apprentissage nécessaire. Quelques mois, quelques années, peut-être, de travail pénible, et il serait assez expérimenté pour pouvoir diviser le diamant du Rajah, assez adroit pour s'en débarrasser avantageusement. Cela fait, il pourrait reprendre à loisir ses savantes recherches, devenir un étudiant riche, élégant, envié et respecté de tous. Des visions dorées accompagnèrent son repos et il se leva avec le soleil, rafraîchi, le cœur léger.

La maison de Mr. Raeburn devait, ce jour-là, être fermée par la police ; il profita de ce prétexte pour hâter son départ. Préparant gaiement ses bagages, il les transporta à la gare de King's Cross, laissa tout à la consigne et retourna au club pour y passer l'après-midi.

— Si vous dînez ici ce soir, Rolles, lui dit un de ses amis, vous pourrez voir deux célébrités : le prince Florizel de Bohême et le vieux John Vandeleur.

— J'ai entendu parler du prince, répondit Mr. Rolles, et j'ai rencontré dans le monde le général Vandeleur.

— Le général Vandeleur est un âne ! repartit l'autre. Celui-ci est son frère, l'aventurier le plus hardi, le plus grand connaisseur en pierres précieuses, et l'un des plus fins diplomates de l'Europe. Ignorez-vous son duel avec le duc de Val d'Orge, ses exploits et ses cruautés quand il était dictateur au Paraguay, son habileté pour retrouver les bijoux de Sir Samuel Levi, ses services pendant la rébellion des Indes, services dont le Gouvernement profita, mais que le

Gouvernement n'osa pas reconnaître ? En vérité votre étonnement me confond ! Qu'est-ce donc que la renommée ou même l'infamie ? John Vandeleur a des droits exceptionnels à l'une et à l'autre. Descendez vite, prenez une table auprès d'eux et ouvrez vos oreilles. Vous entendrez quelque amusante conversation, ou je me trompe fort.

— Mais comment les reconnaîtrai-je ? demanda le *clergyman*...

— Les reconnaître ! Mais le prince est le plus beau gentilhomme de toute l'Europe, le seul être vivant qui ait l'air d'un roi ; quant à John Vandeleur, si vous pouvez vous représenter Ulysse à soixante-dix ans et avec un coup de sabre à travers la figure, vous voyez l'homme. Les reconnaître, en vérité ! Mais, vous pourriez les distinguer l'un et l'autre dans la foule, un jour de Derby !

Rolles se précipita dans la salle à manger. Son ami avait dit vrai. Il était impossible de méconnaître les deux personnages en question. Le vieux John Vandeleur était d'une force physique remarquable et visiblement usé par une vie agitée. Il n'avait la tenue ni d'un militaire, ni d'un marin, ni même d'un cavalier, mais c'était un composé de tout cela, le résultat et l'expression de maintes habitudes, de maintes capacités diverses. Ses traits étaient hardis et aquilins ; sa physionomie arrogante et rapace ; son air était celui d'un oiseau de proie, d'un homme d'action, violent et sans scrupules ; son abondante chevelure blanche et la profonde cicatrice qui sillonnait son visage, du nez à la tempe, ajoutaient une note de sauvagerie à cette tête déjà menaçante par elle-même.

Dans son noble compagnon, le prince de Bohême, Simon Rolles fut surpris de retrouver le gentleman qui lui avait recommandé d'étudier Gaboriau. Sans doute le prince de Bohême, qui fréquentait rarement le club dont, comme beaucoup d'autres, il était membre honoraire, attendait John Vandeleur, quand Simon l'avait abordé le soir précédent.

Les autres convives s'étaient discrètement retirés dans les coins de la salle, à distance respectueuse du prince ; mais Rolles ne se laissa retenir par aucun sentiment de déférence ; avec hardiesse il s'installa tranquillement à la table la plus proche. La conversation était neuve pour les oreilles d'un étudiant en théologie. L'ex-dictateur du Paraguay racontait nombre de choses extraordinaires qui lui étaient arrivées dans les différentes parties du monde, et le prince y ajoutait des commentaires plus intéressants encore que les événements eux-mêmes. Un double sujet d'observation était ainsi offert au jeune *clergyman*, et il ne sut lequel admirer davantage de l'acteur capable de tout ou de l'expert habile qui jugeait si finement la vie, de l'aventurier qui parlait avec audace de ses risques et de ses épreuves ou de l'homme qui, à l'égal d'un dieu, semblait tout savoir et n'avoir rien souffert. La manière d'être de chacun des deux interlocuteurs s'accordait parfaitement avec ses discours. Le vieux despote se laissait aller à des brutalités de geste aussi bien que de langage ; sa main s'ouvrait, se refermait et retombait rudement sur la table ; sa voix était forte et impérieuse. Le prince, au contraire, semblait le type même de la distinction placide ; mais le moindre mouvement, la moindre inflexion, chez lui, avait une signification beaucoup plus grande que la pantomime passionnée de son compagnon. Même lorsque, comme cela devait souvent arriver, il faisait allusion à quelque expérience personnelle, la chose était si adroitement dissimulée qu'elle passait inaperçue.

À la fin, cette curieuse conversation tomba sur les derniers vols commis et sur le diamant du Rajah.

— Ce diamant serait mieux au fond de la mer, fit observer le prince Florizel.

— Comme je suis un Vandeleur, répliqua le dictateur du Paraguay, Votre Altesse doit comprendre que j'exprime un avis contraire.

— Je parle au point de vue de la morale publique, poursuivit le prince. Des joyaux d'un tel prix devraient être réservés pour la collection d'un prince ou le Trésor d'une grande nation. Les faire passer dans les mains du commun des mortels, c'est mettre à prix la vertu elle-même. Si le Rajah de Kashgar, dont j'ai entendu vanter les lumières, désirait exercer une vengeance éclatante contre ses ennemis d'Europe, il aurait difficilement pu imaginer mieux, pour arriver à l'accomplissement de son projet, que l'envoi de cette pomme de discorde. Il n'est pas d'honnêteté assez robuste pour résister à pareille épreuve. Moi-même, qui ai de grands devoirs et de grands privilèges, moi-même, Mr. Vandeleur, je pourrais à peine manier avec sécurité ce morceau de cristal affolant. Quant à vous, qui êtes un chercheur de diamants, par goût et par profession, je ne crois pas qu'il y ait un seul crime au monde que vous ne soyez prêt à commettre, un ami sur la terre que vous ne soyez disposé à trahir sur-le-champ ; je ne sais si vous avez une famille, mais, en admettant que vous en ayez une, je certifie que vous sacrifieriez même vos enfants, – et tout cela pourquoi ? Non pas pour être plus riche, non pas pour avoir plus de bien-être et plus d'honneurs, mais simplement pour appeler le diamant « vôtre », pendant une année ou deux, jusqu'à votre mort, pour pouvoir, toujours et sans cesse, ouvrir un coffre-fort et le contempler comme on contemple un tableau !

— C'est vrai, répondit Vandeleur. J'ai fait bien des chasses, depuis la chasse à l'homme et à la femme jusqu'à la chasse aux moustiques. J'ai plongé pour avoir du corail, j'ai poursuivi des baleines et des tigres, et je déclare qu'un diamant est la plus belle de toutes les proies. Il a la beauté et la valeur ; lui seul nous récompense réellement des fatigues de la chasse. À l'heure qu'il est, ainsi que Votre Altesse peut l'imaginer, je suis une piste. J'ai un flair sûr, une grande expérience ; je connais chacune des pierres que renferme la collection de mon frère, comme un berger connaît son troupeau. Et que je meure, si je ne les retrouve pas toutes sans exception.

— Sir Thomas Vandeleur vous devra une grande reconnaissance, dit le prince.

— Je n'en suis pas très sûr, riposta le vieux brigand. Un des Vandeleur m'en devra, Thomas ou John – Pierre ou Paul – nous sommes tous des apôtres.

— Je ne comprends pas bien... dit le prince avec quelque dégoût.

Au même instant un domestique vint informer Mr. Vandeleur que sa voiture était à la porte.

Mr. Rolles regarda la pendule et vit que, lui aussi, devait s'en aller. Cette coïncidence le frappa d'une façon désagréable, car il désirait ne plus revoir jamais le terrible chercheur de diamants.

Un travail excessif ayant un peu ébranlé ses nerfs, le jeune *clergyman* avait pris l'habitude de voyager de la façon la plus luxueuse ; cette fois, il avait retenu une place dans le *sleeping-carriage.*

— Vous serez à votre aise, dit le conducteur ; il n'y a personne dans le compartiment, seulement un vieux gentleman à l'autre bout.

L'heure approchant, on examinait les billets, quand Mr. Rolles aperçut son compagnon de voyage, que plusieurs bagagistes aidèrent à monter ; certes il n'y avait pas un homme sur la terre dont il n'eût préféré le voisinage, car c'était le vieux John Vandeleur, l'ex-dictateur du Paraguay.

Les *sleeping-carriage,* sur la *Great Northem line,* étaient divisés en trois compartiments, un à chaque bout pour les voyageurs, et un au centre, muni de tous les aménagements d'un cabinet de toilette. Une porte roulant sur des coulisses séparait chacun des deux premiers du lavabo ; mais, comme il n'y avait ni verrous, ni serrures, on se trouvait, en somme, sur un terrain commun.

Quand Mr. Rolles eut étudié sa position, il se reconnut sans défense. S'il prenait envie au dictateur de lui rendre visite pendant la nuit, il ne pouvait faire autrement que de le recevoir ; il n'avait aucune possibilité de barricade et restait découvert devant l'attaque comme s'il eût été couché au milieu des champs. Cette situation lui causa une véritable angoisse. Il se souvint avec inquiétude des propos cyniques qu'il avait surpris à table, pendant le dîner, de la profession de foi immorale qu'il lui avait entendu faire au prince scandalisé. Il se rappela aussi avoir lu que certaines personnes étaient douées d'une singulière vivacité de perception pour sentir le voisinage de métaux précieux : à travers les murs et même à une distance considérable, dit-on, elles devinent la présence de l'or. Ne pouvait-il en être de même pour les pierreries ? Et, s'il en était ainsi, qui donc était plus apte à posséder ce sens transcendant que celui qui se glorifiait du nom de Chasseur de diamants ? D'un tel homme, il avait tout à craindre ; aussi fit-il des vœux ardents pour l'arrivée du jour.

En même temps, il ne négligea aucune précaution, cacha son diamant dans la poche la plus intime de tout un système compliqué de pardessus, et dévotement se mit sous la garde de la Providence.

Le train poursuivait vers le nord sa course habituelle, égale et rapide ; la moitié du trajet fut parcourue avant que le sommeil ne commençât à l'emporter sur l'inquiétude dans l'esprit de Mr. Rolles. Pendant quelque temps il résista à son influence ; mais, de plus en plus, la fatigue s'imposait ; un peu avant York il fut contraint de s'étendre sur un des lits de repos et de laisser ses yeux se fermer ; presque aussitôt le jeune *clergyman* perdit conscience de la réalité. Sa dernière pensée fut pour son terrible voisin.

Lorsqu'il s'éveilla, il eût fait encore nuit noire sans la flamme vacillante de la lampe voilée, et le grondement, la trépidation continus prouvaient que le train ne ralentissait pas sa marche. Saisi d'une sorte de panique, Simon se dressa brusquement, car il venait d'être tourmenté par les rêves les plus pénibles. Quelques secondes se passèrent avant qu'il ne redevînt maître de lui, et même quand il eut repris l'attitude horizontale, le sommeil continua de le fuir. Il restait étendu, tout éveillé, le cerveau dans un état de violente agitation, les yeux fixés sur la porte du cabinet de toilette. Enfonçant son feutre ecclésiastique sur son front, pour se protéger contre la lumière, il eut recours aux expédients habituels, tels que compter jusqu'à mille, sans penser à rien, par lesquels les malades d'expérience ont l'habitude d'appeler le sommeil. Dans le cas de Mr. Rolles tous les moyens furent sans efficacité ; il était harassé par une douzaine d'inquiétudes différentes. Ce vieillard, à l'autre bout de la voiture, le hantait sous les formes les plus sinistres ; et, quelque position qu'il prit, le diamant dans sa poche lui causait une sensible souffrance physique. Il brûlait, il était trop gros, il lui meurtrissait les côtes, et il y avait d'infinitésimales fractions de secondes, pendant lesquelles il avait presque envie de le jeter par la fenêtre.

Pendant qu'il gisait ainsi, un singulier accident arriva.

La porte à coulisses remua un peu, puis davantage ; elle fut finalement entrouverte. La lampe du cabinet de toilette n'était pas voilée et à sa lumière, par l'ouverture éclairée, Simon Rolles put voir la tête attentive de Mr. John Vandeleur. Il sentit que le regard de ce dernier s'arrêtait avec insistance sur sa propre figure ; l'instinct de la conservation le poussa aussitôt à retenir son souffle et à réprimer le moindre mouvement ; les yeux baissés, il surveilla en dessous l'indiscret. Un moment après la tête disparut et la porte du cabinet de toilette fut refermée.

Le dictateur n'était pas venu pour attaquer, mais pour observer ; son action n'était pas celle d'un homme qui en menace un autre, mais celle d'un homme menacé lui-même. Si Mr. Rolles avait peur de lui, il semblait que, lui, de son côté, ne fût pas très tranquille sur le compte de Mr. Rolles. Il était venu, probablement, pour se convaincre que son unique compagnon de route dormait ; rassuré sur ce point, il s'était aussitôt retiré.

Le *clergyman* sauta sur ses pieds ; l'extrême terreur avait fait place à une réaction de témérité. Il réfléchit que le bruit du train filant à toute vapeur étouffait tout autre bruit, et il résolut, coûte que coûte, de rendre la visite qu'il venait de recevoir. Se dépouillant de son manteau, qui eût pu entraver la liberté de ses mouvements, il entra dans le cabinet de toilette et s'arrêta pour écouter. Comme il l'avait pressenti, on ne pouvait rien entendre, sauf ce fracas du train en marche ; posant sa main sur la porte du côté le plus éloigné, il se mit, avec précaution, à l'ouvrir d'environ six pouces. Alors il s'arrêta et ne put retenir une exclamation de surprise.

John Vandeleur portait un bonnet de voyage en fourrure, avec des pans pour protéger les oreilles ; et ceci, joint au bruit de l'express, expliquait son ignorance de ce qui se passait. Il est certain, du moins, qu'il ne leva pas la tête, et poursuivit son étrange occupation. Entre ses jambes était une boîte à chapeau ouverte. D'une main, il tenait la manche de son pardessus de loutre, de l'autre, un énorme couteau, avec lequel il venait de couper la doublure de cette manche. Mr. Rolles avait lu que quelques personnes portaient leur argent dans une ceinture, et comme il ne connaissait que les ceintures en usage au jeu de cricket, il n'avait jamais bien compris comment cela pouvait se faire. Mais là, devant ses yeux, se produisait une chose beaucoup plus originale ; car John Vandeleur portait des diamants dans la doublure de sa manche ; et même, pendant que le jeune *clergyman* continuait d'épier, il put voir les pierres tomber en étincelant, l'une après l'autre, au fond de la boîte à chapeau.

Rivé au sol, il suivit des yeux cette extraordinaire besogne. Les diamants étaient pour la plupart petits et difficiles à distinguer. Soudain, le dictateur parut rencontrer un obstacle ; le dos courbé sur sa tâche, il employa les deux mains, mais ce ne fut qu'après un effort considérable, qu'il tira de la doublure une grande couronne de diamants ; pendant quelques secondes il la tint en l'air, pour la mieux examiner, avant de la placer avec le reste, dans la boîte à chapeau. Cette couronne fut un trait de lumière pour Mr. Rolles ; il la reconnut immédiatement, comme ayant fait partie du trésor volé à Harry Hartley par le vagabond. Il n'y avait pas moyen de se tromper ; elle était exactement telle que l'agent de police l'avait décrite ; il y avait les étoiles de rubis avec une grosse émeraude au centre ; il y avait les croissants entrelacés, il y avait les pendants taillés en poire, chacun formé d'une seule pierre, qui donnaient une valeur singulière à la couronne de Lady Vandeleur.

Mr. Rolles fut immensément soulagé ; le dictateur était impliqué dans l'affaire autant que lui-même ; aucun des deux ne pourrait rien dire contre l'autre. Dans le premier moment de satisfaction, il laissa échapper un soupir ; et, comme sa poitrine avait souffert de l'arrêt de sa respiration, comme sa gorge était sèche, le soupir fut involontairement suivi d'une petite toux.

Mr. Vandeleur leva la tête ; une sombre et implacable colère contracta ses sourcils ; ses yeux s'ouvrirent démesurément et sa mâchoire inférieure s'abaissa avec une expression d'étonnement qui approchait de la fureur. D'un geste instinctif, il avait couvert la boîte avec son manteau. Pendant une demi-minute, les deux hommes se regardèrent en silence. Ce moment ne fut pas long, mais il suffit à Mr. Rolles ; ce novice était, nous l'avons dit, de ceux qui prennent rapidement une décision dans les occasions graves ; il résolut d'agir d'une manière singulièrement audacieuse et, tout en comprenant qu'il jouait sa vie sur un hasard, il parla le premier :

— Excusez-moi, dit-il.

Le dictateur frissonna légèrement, et, lorsqu'il répondit, sa voix était rauque.

— Que cherchez-vous ici, monsieur ?

— Les diamants ont pour moi un intérêt tout particulier, répondit Mr. Rolles d'un air aussi calme que s'il eût été en pleine possession de lui-même. Deux connaisseurs doivent entrer en rapport. J'ai là une bagatelle qui m'appartient et qui pourra peut-être me servir d'introduction.

Ce disant il tira tout naturellement l'écrin de sa poche, fit étinceler, l'espace d'une seconde, le diamant du Rajah, puis le remit aussitôt en sûreté.

— Il était jadis à votre frère, ajouta-t-il.

John Vandeleur continuait à le considérer d'un air ahuri, mais il ne parla ni ne bougea.

— J'ai été charmé de constater, reprit le jeune homme, que nous avions des pierres de la même collection.

L'autre se taisait, anéanti par la surprise.

— Pardon, dit-il enfin, je commence à m'apercevoir que je deviens vieux ! Je ne suis positivement pas préparé à certains petits incidents comme celui-ci. Mais éclairez-moi sur un point ; mes yeux me trompent-ils, ou êtes-vous tout de bon un ecclésiastique ?

— Je suis dans les ordres, répondit Mr. Rolles.

— Bien ! s'écria l'autre ; tant que je vivrai, je ne veux plus entendre jamais prononcer un seul mot contre ceux de votre habit.

— Vous me comblez, dit Mr. Rolles.

— Oui, pardonnez-moi, répéta Vandeleur, pardonnez-moi, jeune homme. Vous n'êtes pas un lâche, il me reste cependant à savoir si vous n'êtes pas le dernier des fous.

Peut-être, continua-t-il en se renversant sur son siège, peut-être consentirez-vous à me donner quelques détails. Je dois supposer que vous aviez un but, pour agir avec une impudence aussi stupéfiante, et j'avoue que je suis curieux de le connaître.

— C'est très simple, répondit le *clergyman* ; cela vient de ma grande inexpérience de la vie.

— J'aimerais à en être persuadé, riposta Vandeleur.

Alors Simon lui raconta toute l'histoire, depuis l'heure où il avait trouvé le diamant du Rajah dans le jardin d'un pépiniériste, jusqu'au moment où il avait quitté Londres par le train express. Il y ajouta un rapide aperçu de ses sentiments et de ses pensées durant le voyage et conclut par ces mots :

— Quand je reconnus la couronne, je sus que nous étions dans une situation identique vis-à-vis de la société, et cela m'inspira une idée que, j'espère, vous ne trouverez pas mal fondée. Je me dis que vous pourriez devenir en quelque sorte mon associé dans les difficultés et dans les profits de mon entreprise. À quelqu'un de votre savoir spécial et de votre incontestable expérience, la vente du diamant donnerait peu d'embarras, tandis que pour moi, c'est une chose de toute impossibilité. D'autre part, j'ai réfléchi que la somme que je perdrais en coupant le diamant, et cela probablement d'une main maladroite, me permettrait de vous payer très généreusement votre aide. Le sujet était délicat à entamer et je manque peut-être de tact. Mais je dois vous prier de vous souvenir que, pour moi, la situation est absolument nouvelle et que je suis entièrement ignorant de l'étiquette en usage. Je crois, sans vanité, que j'eusse pu vous marier ou vous baptiser d'une manière très acceptable ; mais chacun a ses aptitudes en ce monde, cette sorte de marché ne figurait pas sur la liste de mes talents.

— Je n'ai pas l'intention de vous flatter, répondit

Vandeleur, mais, sur ma foi, vous montrez des dispositions extraordinaires pour la vie criminelle... Vous possédez plus de talents que vous ne pouvez l'imaginer et, quoique j'aie vu nombre de coquins dans les différentes parties du monde, je n'en ai jamais rencontré un qui fût aussi cynique que vous. Réjouissez-vous, monsieur, vous êtes enfin dans votre véritable voie ! Quant à vous aider, vous pouvez me commander à votre volonté. Je dois simplement passer une journée à Édimbourg, pour des affaires qui concernent mon frère ; ceci terminé, je retourne à Paris, où je réside habituellement. Libre à vous de m'accompagner. Et, avant un mois, j'aurai amené, je pense, notre petite besogne à une conclusion satisfaisante.

Ici, contrairement à toutes les règles de son art, notre auteur arabe met fin à l'HISTOIRE DU JEUNE CLERGYMAN. Je regrette et je condamne de tels procédés ; mais je dois suivre mon original, et renvoyer le lecteur, pour la fin des aventures de Mr. Simon Rolles, au prochain numéro de la série, l'HISTOIRE DE LA MAISON AUX PERSIENNES VERTES.

Histoire de la maison aux persiennes vertes

Francis Scrymgeour, domicilié à Édimbourg, employé à la banque Écossaise, avait atteint ses vingt-cinq ans dans l'atmosphère d'une vie paisible, honorable et toute de famille. En bas âge, il perdit sa mère ; son père, homme de sens et d'une extrême probité, lui fit donner une excellente éducation scolaire, en même temps qu'il lui inculquait des habitudes d'ordre et d'économie. Affectueux et docile, Francis profita avec zèle de ces avantages et, dans la suite, se consacra cœur et âme à des fonctions assez ingrates. Ses distractions principales consistaient en une promenade chaque samedi, un dîner de famille de temps à autre et une excursion annuelle d'une quinzaine de jours dans les montagnes ou même sur le continent. Il gagnait à vue d'œil dans l'estime de ses supérieurs et jouissait déjà d'un traitement de deux cents livres sterling, avec espérance de le voir s'élever ultérieurement jusqu'au double de cette somme. Peu de jeunes gens étaient plus satisfaits de leur sort que Francis Scrymgeour, peu, il faut le dire, aussi laborieux et aussi remplis de bonne volonté. Le soir, après avoir lu le journal, il jouait quelquefois de la flûte pour amuser son père, qui lui inspirait le plus tendre respect.

Un jour, il reçut d'une étude d'avoué très connue dans la ville un billet réclamant la faveur d'une entrevue immédiate. La lettre portait sur son enveloppe les mots

« personnelle et confidentielle », et lui était adressée non pas chez lui, mais à la banque ; deux détails insolites qui excitèrent au plus haut point sa curiosité.

Il se rendit donc avec empressement à cette sommation. L'avoué l'accueillit gravement, le pria de s'asseoir et, dans le langage ardu d'un homme d'affaires consommé, procéda, sans plus de préambules, à l'exposé de la question.

Une personne qui devait rester inconnue, mais qu'il avait toutes les raisons possibles de considérer, bref, un personnage de quelque notoriété dans le pays, désirait faire à Francis une pension annuelle de cinq cents livres sterling, le capital étant confié aux soins de l'étude et de deux dépositaires qui devaient également garder l'anonyme. Cette libéralité était subordonnée à de certaines conditions, dont aucune, d'ailleurs, n'impliquait rien d'excessif ni de déshonorant.

L'avoué répéta ces derniers mots avec une emphase qui semblait indiquer le désir de ne pas s'engager davantage.

Francis lui demanda de quelle nature étaient ces conditions.

— Comme je vous l'ai deux fois fait remarquer, répondit-il, elles ne sont ni excessives ni déshonorantes ; mais en même temps je ne puis vous dissimuler qu'elles sont d'une espèce peu commune. En vérité, le cas est dans l'ensemble si parfaitement en dehors de nos pratiques ordinaires que si j'ai consenti à m'en charger, c'est par égard pour la réputation du gentleman qui me le confiait et, permettez-moi d'ajouter, Mr. Scrymgeour, poussé par l'estime que des rapports, bien fondés, je n'en doute pas, m'ont inspirée pour votre personne.

Francis le supplia d'être plus explicite.

— Vous ne sauriez croire, dit-il, à quel point ces conditions m'inquiètent.

— Elles sont au nombre de deux, répliqua l'homme de

loi, de deux seulement, et vous vous rappellerez que la somme dont il s'agit s'élève à cinq cents livres par an, sans frais ; j'avais omis d'ajouter, sans frais.

L'avoué fixa sur son nouveau client un regard solennel.

— La première, poursuivit-il, est extrêmement simple. Vous vous trouverez à Paris dans l'après-midi du dimanche 15 de ce mois ; vous vous présenterez au bureau de location de la Comédie Française, où vous trouverez un coupon pris en votre nom, qui vous attend. Vous êtes prié de rester assis tout le temps du spectacle à la place retenue ; voilà pour la première condition.

— J'aurais certainement préféré que ce fût un jour de semaine, répondit Francis, qui était très religieux, mais après tout, pour une fois...

— Et à Paris, cher monsieur, ajouta l'avoué d'un ton conciliant ; je suis moi-même quelque peu timoré, mais dans les circonstances présentes, et à Paris, je n'hésiterais pas un instant.

Et tous les deux de rire ensemble.

— L'autre condition est plus importante. Il s'agit d'un mariage. Mon client, prenant à votre bonheur un intérêt profond, désire vous guider dans le choix d'une épouse. Il désire vous guider absolument, entendez-le bien.

— Expliquons-nous, je vous prie, interrompit Francis. Dois-je épouser quiconque il plaira à cette invisible personne de me présenter, fille ou veuve, blanche ou noire ?

— Je puis vous assurer, répondit l'avoué, que votre bienfaiteur tiendra compte des rapports d'âge et de position. Quant à la race, j'avoue que ce point m'a échappé et que j'ai omis de m'en informer ; qu'à cela ne tienne, je vais, si vous le désirez, en prendre note, et vous en serez avisé à bref délai.

— Monsieur, dit Francis, il reste à savoir si tout ceci n'est pas une indigne mystification. Ce que vous m'exposez est inexplicable, invraisemblable. Tant que je ne pourrai voir plus clair, ni découvrir quelque motif plausible, je vous déclare que je refuse de me prêter à cette opération. Si vous ne connaissez pas le fond des choses, si vous ne le devinez pas ou si vous n'êtes pas autorisé à le dire, je prends mon chapeau et je retourne à ma banque.

— Je ne sais rien, répondit l'avoué, mais je devine souvent assez juste. Pour moi, votre père seul est à la source de ce mystère.

— Mon père ! s'écria Francis avec un geste de dédain. Le digne homme n'a jamais rien eu de caché pour moi, ni une pensée ni un sou !

— Vous ne m'avez pas compris, dit l'avoué. Ce n'est pas à Mr. Scrymgeour aîné que je fais allusion, car il n'est pas votre père. Quand sa femme et lui s'établirent à Édimbourg, vous aviez déjà près d'un an et il y avait trois mois à peine que vous étiez confié à leurs soins. Le secret a été bien gardé, mais tel est le fait. Votre père est inconnu et, encore une fois, je suis persuadé qu'il est l'auteur des offres que je suis chargé de vous transmettre.

Il serait difficile de peindre la stupéfaction de Francis à cette communication imprévue.

— Monsieur, dit-il, confondu, après des révélations aussi foudroyantes, vous voudrez bien m'accorder quelques heures de réflexion. Vous saurez ce soir ce que j'aurai décidé.

L'avoué loua sa prudence et Francis, s'étant excusé à la banque sous un prétexte quelconque, gagna la campagne, où il fit une longue promenade solitaire pour mieux passer en revue les différents aspects de cette curieuse aventure. Le sentiment, agréable à tout prendre, de son importance personnelle le rendait d'autant plus circonspect, mais cependant le résultat de ses méditations ne pouvait être douteux. La chair est faible ; la rente de cinq cents livres sterling et les conditions singulières qui y étaient attachées, tout cela avait un attrait irrésistible. Il se découvrit une répugnance extrême pour ce nom de Scrymgeour auquel longtemps il n'avait rien reproché, puis il commença à trouver bien méprisables les horizons bornés de sa vie d'autrefois et, quand enfin son parti fut pris, il marcha avec un sentiment de liberté et de force jusqu'alors inconnu ; les perspectives les plus joyeuses s'ouvraient devant lui. Il n'eut qu'un mot à dire à l'avoué et immédiatement un chèque représentant deux trimestres d'arriérés lui fut remis, car, par une attention délicate, la rente était antidatée du 1er janvier. Avec ce chiffon de papier en poche, il revint chez lui ; l'entresol de Scotland street lui parut mesquin ; pour la première fois ses narines se révoltèrent contre l'odeur de la cuisine ; il observa chez son père adoptif quelques insuffisances de manières, quelques manques de distinction qui le surprirent et le choquèrent. Bref, il se décida à partir dès le lendemain pour Paris.

Arrivant dans cette ville bien avant la date indiquée, il s'installa dans un modeste hôtel fréquenté par des Anglais et des Italiens et là, il résolut de se perfectionner dans la connaissance de la langue française. À cet effet, il prit un maître deux fois par semaine, engagea de longues conversations avec des personnes errantes dans les Champs-Élysées et fréquenta tous les théâtres. Ses habits avaient été renouvelés, il se faisait raser et coiffer chaque matin, ce qui lui donnait un air étranger et semblait effacer la vulgarité des années écoulées.

Enfin, le fameux samedi arriva ; il se rendit au bureau de location du théâtre, rue Richelieu. À peine eut-il dit son nom, qu'un employé lui remit le coupon dans une enveloppe dont l'adresse était encore humide.

— On vient de le prendre à l'instant, dit ce personnage.

— Vraiment ! s'écria Francis. Puis-je vous demander quelle mine avait le monsieur qui est venu ?

— Oh ! votre ami n'est pas difficile à peindre. C'est un beau vieillard, grand et fort, à cheveux blancs, et portant au travers du visage une cicatrice de coup de sabre. Un homme ainsi marqué se laisse reconnaître.

— Sans doute ; merci de votre obligeance.

— Il ne doit pas être bien loin ; en vous dépêchant vous pourrez peut-être le rejoindre.

Francis ne se le fit pas répéter deux fois et, s'élançant hors du théâtre, il plongea ses regards avidement dans toutes les directions. Malheureusement, plus d'un homme à cheveux blancs était en vue et, bien qu'il se mit en devoir de les rattraper tous les uns après les autres, pas un n'avait le coup de sabre. Pendant près d'une demi-heure il explora les rues du voisinage, jusqu'à ce que, reconnaissant la folie de cette recherche, il pensa qu'une promenade serait le moyen le meilleur pour calmer son émotion ; car le brave garçon avait été profondément troublé par cette quasi-rencontre avec celui qui était, il n'en pouvait douter, l'auteur de ses jours.

Le hasard le conduisit par la rue Drouot et la rue des Martyrs jusqu'au boulevard extérieur, et ce hasard-là le servit mieux que tous les calculs ; bientôt, en effet, il aperçut deux hommes qui, assis sur un banc, semblaient absorbés dans un dialogue des plus animés. L'un était jeune, brun, de belle apparence et portait, malgré son habit séculier, le sceau indélébile de l'ecclésiastique ; l'autre répondait en tous points à la description donnée par l'employé du théâtre. Francis sentit son cœur battre à se rompre dans sa poitrine il allait entendre la voix de son père ! Faisant un détour, il vint sans bruit s'asseoir derrière le couple en question, qui, tout entier à ses affaires, ne prit pas garde à lui. La conversation avait lieu en anglais.

— Vos soupçons perpétuels commencent à m'ennuyer, Rolles, disait le vieillard. Je fais ce que je peux, vous dis-je ; un homme ne se procure pas des millions en un jour. D'ailleurs de quoi vous plaignez-vous ? Ne vous ai-je pas écouté par pure complaisance, vous, un étranger, et ne vivez-vous pas de mes générosités ?

— Dites de vos avances, Mr. Vandeleur, répliqua vertement le jeune homme.

— Avances, si vous voulez, et intérêt au lieu de complaisance si vous le préférez, fit le vieillard d'un ton irrité. Je ne suis pas ici pour chicaner sur des mots. Les affaires sont les affaires, et je vous rappellerai que les vôtres sont trop louches pour les airs que vous prenez. Fiez-vous à moi ou adressez-vous à un autre ; mais, de grâce, trêve à vos jérémiades.

— J'apprends à connaître le monde, dit le jeune homme, et je vois maintenant que si vous avez beaucoup de motifs pour me duper, vous n'en avez aucun, en revanche, pour agir honnêtement. Moi non plus, je n'éplucherai pas les mots : c'est pour vous-même que vous voulez le diamant ; vous le savez bien, osez dire le contraire !... N'avez-vous pas déjà contrefait ma signature et fouillé mon logement en mon absence ? Je comprends la raison de tous ces délais ; vous guettez votre proie, par bleu, chasseur de diamant, et par moyens honnêtes ou non vous l'aurez ! Il faut que cela cesse, vous dis-je ; ne me poussez pas à bout ou je vous promets une surprise de ma façon.

— C'est bien à vous de menacer ! répondit Vandeleur. Deux autres, vous le savez, peuvent se donner ce plaisir. Mon frère est à Paris, la police est sur ses gardes et, si vous persistez à me fatiguer de vos plaintes, je vous préparerai aussi une petite surprise, Mr. Rolles ; mais la mienne sera unique et bonne. Comprenez-vous, ou faut-il vous parler hébreu ? Toutes choses ont des bornes et ma patience aussi. Mardi à sept heures, pas un jour, pas une heure, pas une seconde avant, quand il s'agirait de vous sauver la vie ; et, si vous ne voulez pas attendre, allez au diable ; bon voyage.

Ce disant, le dictateur se leva ; secouant la tête et

brandissant sa canne d'un air furieux, il se mit en marche dans la direction de Montmartre, tandis que son compagnon demeurait assis sur le banc dans l'attitude d'un découragement profond.

Quant à Francis, comment dire sa consternation, son épouvante ? L'espérance et la tendresse qui agitaient son cœur au moment où il s'était assis sur ce banc avaient fait place à l'horreur, au désespoir le plus complet ; sa pensée se porta involontairement vers le vieux Scrymgeour, qui lui apparut comme un père autrement bon et respectable que cet intrigant irascible et dangereux. Néanmoins, il garda sa présence d'esprit et, sans perdre une minute, s'élança sur les pas du vieillard balafré, à qui la colère semblait donner des ailes.

Absorbé dans des pensées furieuses, John Vandeleur marchait sans songer à regarder derrière lui.

Il s'arrêta très haut dans la rue Lepic, devant une maison à deux étages garnie de persiennes vertes ; de là on devait dominer tout Paris et jouir de l'air pur des hauteurs. Toutes les fenêtres donnant sur la rue étaient hermétiquement closes ; quelques arbres montraient leur tête par dessus un mur élevé que hérissaient des *chevaux-de-frise*[1]. Le dictateur tira une clef de sa poche, ouvrit une porte et disparut.

Une fois seul, Francis s'arrêta et regarda autour de lui. Le quartier était désert et l'hôtel isolé au milieu du jardin ; il devenait impossible de continuer l'espionnage. Pourtant, un examen plus attentif lui fit remarquer que le pignon d'une grande maison située à quelques pas de là donnait sur le jardin, et que dans ce pignon une fenêtre était percée. Il interrogea la façade et vit suspendu un écriteau : *Chambres non meublées à louer au mois.* Il s'informa ; la chambre ayant vue sur le jardin se trouvait précisément vacante. Francis

1. En français dans le texte.

n'hésita pas : il prit cette chambre, paya d'avance et retourna à son hôtel chercher ses bagages.

Que le vieillard au coup de sabre fût ou non son père, que la piste qu'il suivait fût fausse ou non, en tout cas, il avait évidemment mis le doigt sur un noir mystère et il se promit de ne pas quitter son embuscade tant qu'il ne l'aurait point débrouillé.

De la fenêtre de son nouveau logis, Francis dominait complètement le jardin de la maison aux persiennes vertes. Immédiatement en dessous de lui, un assez beau marronnier ombrageait deux tables rustiques sur lesquelles on devait dîner durant les grandes chaleurs de l'été. À part une étroite allée sablée conduisant de la véranda à la porte de la rue, et un petit espace laissé libre entre les tables et la maison, le sol était entièrement recouvert par une végétation épaisse. Posté derrière sa jalousie, car il n'osait l'ouvrir de peur d'attirer l'attention, Francis observait la place sans rien voir de très significatif quant aux mœurs de ses habitants. En somme, c'était un jardin de couvent et la maison avait l'air d'une prison ; on ne pouvait guère déduire de ce fait que des habitudes de retraite et le goût de la solitude. Les persiennes étaient toutes closes, la porte de la véranda fermée ; le jardin, autant qu'il en pouvait juger, absolument désert. Une petite fumée bleuâtre, s'échappant discrètement d'une des cheminées, révélait seule la présence d'êtres vivants.

Pour se donner une contenance et ne pas rester oisif, Francis avait acheté une géométrie d'Euclide en français. Assis par terre et appuyé au mur, il se mit à copier et à traduire, le dos de sa valise lui servant de pupitre, car il n'avait ni table ni chaise. De temps à autre, il allait jeter un coup d'œil sur la maison aux persiennes vertes : les fenêtres restaient obstinément fermées et le jardin vide.

Sa vigilance persévérante n'était pas récompensée et il commençait à s'assoupir quand, entre neuf et dix heures, un coup de sonnette le tira brusquement de sa torpeur ; il se précipita vers son observatoire et arriva à temps pour entendre grincer des serrures et remuer des chaînes. Mr. Vandeleur, enveloppé d'une robe de chambre de velours noir et coiffé d'un bonnet pareil, se montra ensuite une lanterne à la main, sortit de la véranda et atteignit la porte grillée de la rue. Nouveau bruit de verrous et de ferraille, puis Francis vit le mystérieux vieillard revenir en escortant un individu de mine abjecte.

Une demi-heure après, le visiteur fut reconduit et Mr. Vandeleur, posant sa lanterne sur la table rustique, acheva tranquillement son cigare sous le marronnier. Francis, qui, entre deux branches, ne perdait de vue aucun de ses gestes, crut deviner à ses sourcils froncés et à la contraction de ses lèvres, qu'une pensée pénible le préoccupait. Tout à coup une voix de jeune fille se fit entendre dans la maison.

— Dix heures ! criait-elle.

— J'y vais, répondit John Vandeleur.

Il jeta son bout de cigare, reprit la lanterne et disparut sous la véranda. Dès que la porte fut fermée, l'obscurité et le silence le plus complet régnèrent autour de la maison, et Francis eut beau écarquiller les yeux, il ne put découvrir le moindre rayon de lumière entre les lames des persiennes. Les chambres à coucher, pensa-t-il, étaient de l'autre côté. Il comprit la véritable raison de ce fait quand, le lendemain, il revint à son observatoire dès l'aube, la dureté de sa couche sur le plancher ne l'engageant pas à prolonger son sommeil. Les persiennes s'ouvrirent toutes, mues par un ressort intérieur, et découvrirent des rideaux de fer semblables aux fermetures des boutiques, qui se relevèrent par un procédé analogue. Pendant une heure, les chambres restèrent ouvertes à l'air frais du matin, puis Mr. Vandeleur referma les volets de sa propre main.

Tandis que Francis observait avec étonnement toutes ces précautions, la porte de la maison s'ouvrit et une jeune fille vint regarder dans le jardin. Elle rentra moins de deux minutes après, mais ces deux minutes suffirent pour révéler aux yeux éblouis de Francis les charmes les plus captivants. Une telle apparition n'excita pas seulement sa curiosité, elle lui remit au cœur le courage et l'espérance. Les allures suspectes de son père supposé cessèrent de hanter son esprit ; dès ce moment, il adopta avec joie sa nouvelle famille ; que la jeune fille dût devenir sa sœur ou bien sa femme, il ne doutait pas qu'elle ne fût un ange. Saisi d'une terreur subite, il réfléchit qu'après tout il ne savait pas grand-chose et avait pu se tromper en suivant Mr. Vandeleur.

Le portier, qu'il interrogea, lui donna peu de renseignements, mais ce peu avait quelque chose de mystérieux et d'équivoque. Le locataire du petit hôtel voisin était un Anglais prodigieusement riche et très excentrique dans ses allures. Il possédait d'importantes collections, et c'était pour les protéger qu'il avait fait poser ces *chevaux-de-frise* sur le mur, ces contrevents métalliques et tous ces systèmes compliqués de serrures. Il vivait là seul avec Mademoiselle[1] et une vieille servante, ne voyant personne, sauf quelques visiteurs singuliers avec lesquels il semblait avoir des affaires.

— Est-ce que Mademoiselle est sa fille ? demanda Francis.

— Certainement, répondit le portier, c'est la fille de la maison, et vous ne vous en douteriez guère à la voir travailler ! Riche comme il l'est, Mr. Vandeleur envoie pourtant sa *demoiselle* au marché, le panier au bras, ni plus ni moins qu'une servante.

— Mais les collections ? reprit Francis.

— Monsieur, il paraît qu'elles valent beaucoup d'argent,

1. En français dans le texte.

voilà tout ce que je sais. Depuis l'arrivée de ces gens-là, personne dans le quartier n'a seulement dépassé leur porte.

— Cependant, vous devez bien avoir quelque idée de ce qu'elles peuvent être. Sont-ce des tableaux, des étoffes, des statues, des bijoux, quoi ?

— Ma foi, monsieur, répondit le bonhomme en haussant les épaules, ce seraient des carottes, que je ne pourrais vous en dire davantage. Vous voyez bien que la maison est gardée comme une forteresse.

Désappointé, Francis retournait à sa chambre quand le portier le rappela.

— Tenez, monsieur, je me souviens maintenant que la veille bonne m'a dit un jour que son maître avait été dans toutes les parties du monde et qu'il en avait rapporté beaucoup de diamants. Si c'est ça, on doit avoir un joli coup d'œil derrière ces volets.

Le dimanche, aussitôt le théâtre ouvert, Francis fut à sa place. Le fauteuil qui avait été pris pour lui était à deux ou trois stalles du couloir de gauche et parfaitement en vue des baignoires d'avant-scène. Comme cette place avait été choisie exprès, il n'était pas douteux que sa situation ne fût significative ; Francis jugea d'instinct que la loge qui était à sa droite allait figurer sous une forme quelconque dans le drame où il se trouvait lui-même jouer un rôle. Et, de fait, cette loge était placée de telle sorte que ceux qui l'occupaient pourraient le dévisager tout le temps du spectacle, en échappant à son observation, si bon leur semblait, grâce aux écrans et à la profondeur du réduit. Francis se promit donc de faire bonne garde ; tout en paraissant absorbé par la pièce, il surveillait la loge vide du coin de l'œil.

Le second acte était commencé et déjà avancé même quand la porte s'ouvrit ; deux personnes se dissimulèrent dans le coin le plus obscur de la loge. Francis s'étranglait d'émotion. C'étaient Mr. Vandeleur et sa fille. Son sang bouillait dans ses veines, ses oreilles tintaient, la tête lui tournait. Il n'osait regarder, de peur d'éveiller les soupçons ; son programme qu'il lisait et relisait dans tous les sens, passait du blanc au rouge devant lui ; quand il leva les yeux, la scène lui parut à une lieue de distance et il trouva la voix, les gestes des acteurs ridicules et impertinents.

Enfin, il se risqua à jeter un coup d'œil dans la direction qui l'intéressait et il sentit aussitôt que son regard avait croisé celui de la jeune fille. Un frisson secoua ses membres, il vit à la fois toutes les couleurs de l'arc-en-ciel. Que n'aurait-il pas donné pour entendre ce qui se passait entre les Vandeleur, père et fille ! Que n'aurait-il pas donné pour oser prendre sa lorgnette et pour pouvoir les examiner avec calme ! Sa vie sans doute se décidait dans cette loge, et lui, cloué sur ce fauteuil, ne pouvant ni intervenir ni même suivre le débat, était condamné à souffrir dans une anxiété impuissante.

Enfin l'acte s'acheva, ses voisins se préparèrent à sortir. Il était naturel qu'il en fît autant ; mais alors, force était de passer devant la loge en question. Faisant appel à tout son courage et regardant obstinément le bout de ses souliers, il se leva et s'avança lentement, car un vieux monsieur asthmatique le précédait. Qu'allait-il faire ? Aborderait-il les Vandeleur en passant ? Lancerait-il dans la loge le camélia de sa boutonnière ? Relèverait-il la tête et jetterait-il un regard de tendresse sur la jeune personne qui était sa sœur ou sa fiancée ? Tandis qu'il se débattait, aux prises avec ces alternatives diverses, il eut la vision de sa douce et modeste existence à la banque d'Écosse, et un regret fugitif du passé traversa son âme.

Mais il arrivait devant la loge : tout en se demandant encore ce qu'il devait faire, il tourna la tête et leva les yeux. Une exclamation de désappointement lui échappa, la loge était vide ; pendant ses réflexions la famille Vandeleur était partie.

Une personne polie lui fit remarquer qu'il obstruait le passage ; machinalement, il se remit à marcher et se laissa porter par la foule. Il se retrouva dans la rue ; là il s'arrêta, et l'air frais de la nuit remit promptement l'équilibre dans ses facultés ; mais sa tête pesait lourdement sur ses épaules et, à sa grande surprise, il chercha vainement le sujet des deux actes qu'il venait d'entendre ; un irrésistible besoin de sommeil succédait à tant d'agitations ; hélant un fiacre, il se fit reconduire chez lui, brisé de fatigue et dégoûté de la vie.

Le lendemain matin, Francis alla aux abords du marché, guetter le passage de Miss Vandeleur. Son attente ne fut pas trompée ; vers huit heures, il la vit déboucher d'une des rues. Elle était simplement et presque pauvrement mise, mais dans sa démarche, dans sa taille, jusque dans l'aisance avec laquelle elle portait son panier de ménagère, il y avait une grâce, une distinction à laquelle on ne pouvait se méprendre.

Tandis que Francis se glissait dans l'embrasure d'une porte, il lui sembla qu'un rayon de soleil accompagnait cette délicieuse personne et dissipait les ombres devant elle. Il la laissa le dépasser, puis il sortit de sa cachette et l'appela par son nom :

— Miss Vandeleur !

Elle se retourna et devint blanche comme une morte en le reconnaissant.

— Pardon, continua-t-il ; Dieu m'est témoin que je ne voulais pas vous effrayer ; d'ailleurs vous n'avez rien à craindre d'un serviteur aussi dévoué que moi. Croyez-le, je n'ai ni la liberté ni le choix des moyens. Je sens que nous avons beaucoup d'intérêts communs, mais sans comprendre rien de plus. Je suis dans les ténèbres, dans l'impossibilité d'agir, ignorant même qui sont mes amis ou mes ennemis.

La jeune fille murmura :

— Je ne sais qui vous êtes.

— Ah ! si, Miss Vandeleur, vous le savez, et bien mieux que moi-même. Sur ce point surtout, daignez m'éclairer : dites-moi... poursuivit-il en suppliant, qui suis-je ? qui êtes-vous ? et comment nos destinées sont-elles entremêlées ? Venez à mon secours, un mot, un seul mot, le nom de mon père, si vous voulez ; et ma reconnaissance sera sans bornes.

— Je ne veux pas vous tromper, répondit la jeune fille. Je sais qui vous êtes, mais je ne suis pas autorisée à vous l'apprendre.

— Dites au moins alors que vous me pardonnez mon audace, et j'attendrai aussi patiemment que je pourrai. Puisque le sort me condamne à une ignorance cruelle, je me soumets ; mais n'ajoutez pas à mes angoisses la crainte de vous avoir pour ennemie.

— Ce que vous avez fait était très naturel, et je n'ai rien à vous pardonner. Adieu.

— Ce doit donc être l'ultime adieu ? dit-il tristement.

— Mais je n'en sais rien moi-même. Adieu quant à présent, si vous le préférez.

Et sur ces mots elle s'éloigna d'un pas rapide.

Francis rentra chez lui en proie à une violente émotion.

Son Euclide fit peu de progrès ce jour-là et il passa plus de temps à la fenêtre qu'à son bureau improvisé. Pourtant, à part le retour de Miss Vandeleur, qui retrouva son père savourant un cigare de Trichinopoli sous la véranda, il n'eut rien à noter jusqu'à l'heure du déjeuner.

Après avoir apaisé sa faim dans un restaurant du quartier, le jeune homme retourna rue Lepic, plus impatient que jamais. Surprise ! Un domestique à cheval et tenant la bride d'une jument sellée se promenait de long en large devant le mur du jardin. Le portier de Francis, adossé contre la porte, fumait sa pipe, tout en s'absorbant dans la contemplation de ce spectacle inusité.

— Regardez, cria-t-il au jeune homme. La superbe bête ! Un frère de Mr. Vandeleur vient d'arriver en visite. C'est un grand homme, un général de votre pays ; vous devez bien le connaître de réputation.

— Je n'ai jamais entendu parler d'un général Vandeleur, répondit Francis, mais nous avons bien des officiers de ce grade, et d'ailleurs mes occupations ont été exclusivement civiles.

— C'est lui, reprit le portier, qui a perdu le grand diamant des Indes ; vous devez savoir cela, du moins, les journaux en ont assez parlé !

Aussitôt qu'il put se débarrasser de son concierge, Francis escalada ses étages et courut à la fenêtre. Les deux Vandeleur étaient assis sous le marronnier et causaient tout en fumant. Le général, petit homme rubicond et sanglé dans sa redingote, offrait une certaine ressemblance avec son frère, bien qu'il en fût plutôt la caricature ; il avait quelque chose de sa démarche dégagée et hautaine, mais il était beaucoup moins grand, plus vieux, plus commun et, somme toute, il faisait assez triste mine à côté du dictateur.

Penchés tous deux sur la table, ils paraissaient discuter avec animation, mais si bas que Francis attrapait à peine un mot par-ci par-là, ce qui lui suffit d'ailleurs pour se convaincre que la conversation roulait sur lui-même et sur sa carrière. Il saisit distinctement le nom de Scrymgeour, et s'imagina entendre celui de Francis.

Tout à coup, le général se leva, en proie à une violente colère et se répandit en exclamations.

— Francis Vandeleur ! cria-t-il en soulignant le second nom. Francis Vandeleur, vous dis-je !

Le dictateur fit de tout le corps un geste moitié affirmatif, moitié méprisant, mais sa réponse n'arriva pas jusqu'au jeune homme.

Ce Francis Vandeleur, était-ce lui ? Discutaient-ils donc

sous quel nom on allait le marier ? Lui-même était-il bien éveillé et ses sens égarés ne l'abusaient-ils pas ?

L'entretien avait repris à voix basse ; puis, la discussion s'élevant sans doute de nouveau entre les deux frères, la voix du général éclata furieuse.

— Ma femme ? criait-il, j'en ai par-dessus la tête. Qu'on ne m'en parle plus ; son nom même m'est odieux.

Et les jurons s'entremêlaient aux coups de poing qui pleuvaient sur la table.

Son frère parut chercher à l'apaiser, et peu après le reconduisit. Ils échangèrent une poignée de mains suffisamment cordiale, mais, à peine la porte se fut-elle refermée sur le visiteur, que John Vandeleur partit d'un éclat de rire qui vint sonner comme un écho diabolique aux oreilles de Francis.

La journée s'acheva sans amener rien de nouveau. Le jeune homme n'était guère plus avancé que la veille, mais il se consolait en pensant que le lendemain était le fameux mardi ; le sort s'acharnât-il contre lui, il ne pouvait manquer de faire quelque découverte importante.

La journée fut longue ; comme l'heure du dîner approchait, les préparatifs commencèrent sous le marronnier. Sur une des tables que Francis apercevait entre les branches, on apporta des piles d'assiettes, les ingrédients de la salade, etc. ; sur l'autre on dressa le couvert, mais le feuillage la cachait presque entièrement à Francis et il devina plutôt qu'il ne vit de l'argenterie et une nappe blanche.

Mr. Rolles arriva à sept heures précises ; il avait l'air méfiant d'un homme qui se tient sur ses gardes, parlant peu et bas. Le dictateur, au contraire, semblait fort joyeux ; son rire remplissait le jardin et, aux modulations de sa voix, on devinait qu'il racontait des drôleries en imitant l'accent de différents pays. Avant même qu'ils eussent fini leur vermouth, tout sentiment de malaise semblait avoir disparu entre le jeune *clergyman* et son interlocuteur et ils bavardaient comme une paire de vieux amis.

Miss Vandeleur fit enfin son entrée, apportant la soupière. Rolles se précipita pour lui offrir son secours, qu'elle refusa en riant, et il y eut un échange général de plaisanteries qui devaient avoir trait à cette manière primitive de se servir soi-même.

— On est plus à l'aise, déclarait Mr. Vandeleur.

Un instant après ils étaient assis autour de la table et Francis les perdit de vue ; malheureusement, il n'entendait guère plus qu'il ne voyait. À en juger par le babillage animé, par le bruit incessant de couteaux et de fourchettes qui sortaient du marronnier, le repas était gai, et Francis, qui grignotait un petit pain dans sa cachette, ne put se défendre d'un mouvement d'envie. Les convives causaient entre chaque plat et s'attardèrent plus longuement encore sur un dessert exquis arrosé d'un vin vieux débouché avec soin par le dictateur lui-même. La nuit était pure, étoilée, sans une brise ; il commençait à faire sombre cependant et deux bougies furent apportées sur le dressoir. Des flots de lumière émergeaient en même temps de la véranda. Le jardin se trouva donc absolument illuminé.

Pour la dixième fois peut-être, Miss Vandeleur rentra dans la maison ; elle revint cette fois portant la cafetière, qu'elle posa sur le dressoir ; au même instant son père se leva en disant :

— Le café, c'est de mon département.

Francis vit son supposé père se dresser de toute sa haute taille à la lumière des chandelles.

Sans cesser de causer pardessus son épaule avec les autres convives, il remplit les deux tasses ; puis, par un mouvement de véritable prestidigitation, versa dans l'une d'elles le contenu d'une très petite fiole. La chose fut si vivement faite que celui qui ne le quittait pas des yeux eut à peine le temps de s'en apercevoir. Une seconde après, Mr. Vandeleur était retourné près de la table apportant les deux tasses.

— Avant que nous ayons fini de boire, notre fameux Juif sera sans doute ici, dit-il.

Il est impossible de décrire l'effroi et l'angoisse de Francis. Quel complot se tramait donc là, devant lui ? Il se sentait moralement obligé d'intervenir, mais comment ? C'était peut-être une simple plaisanterie, et quelle mine ferait-il dans le cas où son avertissement tomberait à faux ? D'autre part, s'il y avait trahison, fallait-il dénoncer et perdre l'homme auquel il devait la vie ? Il commença là-dessus à s'apercevoir qu'il jouait un rôle d'espion. L'attente devenait une torture cruelle ; son cœur avait des palpitations irrégulières, ses jambes fléchissaient sous lui, une sueur froide l'inondait tout entier, il s'accrocha défaillant à l'appui de la fenêtre.

Plusieurs minutes se passèrent.

La conversation semblait languir, mais il ne perçut aucun signe alarmant ni évènement particulier. Tout à coup on entendit un verre se briser, en même temps qu'un autre bruit, sourd celui-là, comme si quelqu'un fût tombé le front sur la table. Puis un cri perçant déchira l'air.

— Qu'avez-vous fait ? Il est mort ! disait Miss Vandeleur.

— Silence ! fit le terrible vieillard d'une voix si vibrante que Francis ne perdit pas un mot. Il se porte aussi bien que moi. Prenez-le par les talons, je vais le tenir par les épaules.

Des sanglots lui répondirent.

— M'entendez-vous, reprit la même voix rude, ou faut-il vous faire obéir de force ? Choisissez, Miss Vandeleur.

Il y eut une nouvelle pause, puis le dictateur continua d'un ton moins violent :

— Prenez les pieds de cet homme, il faut que je le porte dans la maison. Ah ! si j'étais plus jeune, rien au monde ne me retiendrait. Mais aujourd'hui, l'âge, les dangers, tout est contre moi… mes mains tremblent et il faut que vous m'aidiez.

— C'est un crime ! dit la jeune fille.

— Je suis votre père.

Cet appel parut produire son effet ; Francis entendit piétiner le gravier, une chaise tomba, puis il vit le père et la fille traverser l'allée et disparaître sous la véranda, portant le corps inanimé de Mr. Rolles affreusement pâle, dont la tête pendait.

Était-il mort ou vivant ? En dépit de l'affirmation de Mr. Vandeleur, Francis était fort inquiet. Un crime venait d'être commis, une catastrophe terrible s'abattait sur la maison aux persiennes vertes. À son grand étonnement, Francis sentit l'horreur et le mépris faire place chez lui à un sentiment de pitié pour le vieillard et pour la jeune fille qu'un grand péril menaçait sans doute. Un élan généreux le poussa ; lui aussi lutterait avec son père contre le monde, la justice et la fatalité ; relevant brusquement la jalousie, il sauta sur la fenêtre, étendit les bras et se jeta, les yeux fermés, dans le feuillage du marronnier.

Les branches craquaient sous lui sans qu'il pût en saisir une ; enfin un rameau plus fort se trouva sous sa main, il resta suspendu quelques secondes, puis, se laissant aller, tomba lourdement contre la table. Un cri d'alarme partit de la maison : sa singulière entrée n'était point passée inaperçue. Peu lui importait ; en trois bonds il fut sous la véranda.

Dans une petite pièce, tapissée de nattes et entourée de vitrines remplies d'objets rares et précieux, Mr. Vandeleur était penché sur le corps du *clergyman*. Il se releva comme Francis entrait et quelque chose glissa de ses doigts dans ceux de sa fille ; ce fut fait en un clin d'œil ; à peine Francis avait-il eu le temps de voir, mais il lui sembla que le coupable avait saisi cet objet sur la poitrine de sa victime et qu'après l'avoir regardé un millième de seconde, il l'avait rapidement passé à sa fille.

Tout cela s'était produit en moins de temps qu'il n'en faut pour le dire, tandis que Francis restait sur le seuil, un pied en l'air. Se précipitant aux genoux du dictateur :

— Père ! s'écria-t-il, laissez-moi vous secourir. Traitez-moi en père et vous trouverez chez moi tout le dévouement d'un fils.

Une explosion de jurons formidables fut toute la réponse qu'il obtint.

— Père, fils, fils, père ! Qu'est-ce que cette comédie ? Comment êtes-vous entré dans mon jardin, monsieur ? Et, par le diable, qui êtes-vous ? que voulez-vous ?

Abasourdi, Francis se releva sans mot dire.

Tout à coup, comme frappé d'un trait de lumière, John Vandeleur se mit à rire bruyamment.

— Je vois, s'écria-t-il, je comprends, c'est le Scrymgeour ! Très bien, Mr. Scrymgeour, très bien, je vais vous mettre en quelques mots au courant de votre situation. Vous vous êtes introduit chez moi par force, sinon par ruse, à coup sûr sans y être invité, et vous choisissez pour m'accabler de vos protestations de tendresse le moment où un hôte vient de s'évanouir à ma table. Je ne suis pas votre père ; puisque vous tenez à le savoir, vous êtes le fils naturel de mon frère et d'une marchande de poissons. J'avais pour vous une indifférence qui touche de près à l'antipathie, et d'après ce que je vois de votre conduite, votre esprit me paraît digne de votre extérieur. Je livre ces quelques remarques à vos méditations, et je vous prie avant tout de me débarrasser de votre présence. Si je n'étais pas occupé, ajouta-t-il avec un geste menaçant, vous recevriez la plus belle rossée que ce bras ait jamais donnée !

Francis écoutait avec un sentiment de profonde humiliation ; il eût voulu être à cent lieues de cette maison maudite ; mais, ne sachant comment s'en aller ni quel chemin prendre, il demeurait planté comme un piquet au milieu de la chambre. Miss Vandeleur rompit le silence.

— Père, vous êtes en colère... vous parlez sans savoir... Mr. Scrymgeour a pu se tromper, mais ses intentions étaient bonnes.

— Merci, ma fille ; vous me rappelez une autre observation que je crois devoir faire à Mr. Scrymgeour. Mon frère, monsieur, a été assez absurde pour vous accorder une pension. Il a eu la présomption et la sottise de vouloir vous marier à cette demoiselle ; vous lui avez été montré il y a deux jours, et j'ai le plaisir de vous annoncer qu'elle a repoussé avec dégoût l'idée d'une pareille union. Permettez-moi d'ajouter que j'ai beaucoup d'influence sur mon frère, et qu'il ne tiendra pas à moi qu'avant la fin de la semaine vous ne soyez renvoyé sans le sou à votre paperasserie.

Le ton du vieillard était, s'il est possible, plus blessant encore que ses paroles. Devant cette haine furieuse, Francis perdit la tête ; il cacha son visage entre ses mains et un sanglot souleva sa poitrine.

Miss Vandeleur intervint de nouveau.

— Mr. Scrymgeour, dit-elle d'une voix douce, ne vous affligez pas des paroles de mon père. Je ne ressens pour vous aucune aversion ; au contraire, j'ai demandé à faire avec vous plus ample connaissance ; ce qui se passe ce soir ne m'inspire, croyez-le bien, que beaucoup d'estime et de pitié.

À ce moment, Simon Rolles agita convulsivement le bras, il revenait à lui, n'ayant absorbé qu'un violent narcotique. Vandeleur se pencha, examina son visage, puis se releva en disant :

— Allons, puisque vous êtes si satisfaite de sa conduite, prenez une lumière, mademoiselle, et montrez à ce bâtard le chemin de la porte.

La jeune fille s'empressa d'obéir.

— Merci, lui dit Francis dès qu'ils furent seuls dans le jardin, merci du fond de l'âme. Vos paroles resteront dans ma mémoire comme un souvenir consolateur attaché à cette nuit, qui a été la plus cruelle de ma vie.

— J'ai dit ce que je pensais, répondit-elle, j'étais indignée de vous voir si injustement traité.

Ils avaient atteint la porte de la rue, et Miss Vandeleur, posant sa lumière sur le gravier, se mit à détacher les chaînes.

— Encore un mot, dit Francis : est-ce que je ne dois plus vous revoir ?

— Hélas ! vous avez entendu mon père. Je ne peux qu'obéir.

— Dites au moins que ce n'est pas de votre plein gré... que ce n'est pas vous qui me chassez.

— Non, dit-elle, vous me semblez un brave et honnête garçon.

— Alors, donnez-moi un gage.

La main sur la dernière serrure, elle s'arrêta un instant ; tous les verrous étaient tirés, il ne restait plus qu'à pousser la porte.

— Si j'y consens, répondit-elle, promettez-vous de m'obéir de point en point ?

— Mademoiselle, tout ordre venant de vous m'est sacré.

Elle tourna la clef et ouvrit la porte.

— Eh bien, soit ; mais vous ne savez pas ce que vous demandez. Quoi qu'il arrive et quoi que vous entendiez, ne revenez pas ici. Marchez le plus vite que vous pourrez jusqu'à ce que vous ayez atteint les quartiers éclairés et fréquentés, et là encore tenez-vous sur vos gardes ; vous êtes en péril plus que vous ne le pensez. Promettez-moi de ne pas regarder ce gage avant que vous ne soyez en sûreté.

— Je le promets, répondit Francis.

Elle lui mit dans la main un mouchoir roulé et, le

poussant dans la rue avec une vigueur dont il ne la croyait pas capable :

— Maintenant, lui cria-t-elle, sauvez-vous !

La porte retomba, loquets et verrous furent replacés.

— Allons, se dit Francis, puisque j'ai promis !...

Et il descendit rapidement la rue. Il n'était pas à cinquante pas de la maison quand un cri diabolique retentit soudain dans le silence de la nuit. Instinctivement, il s'arrêta, un autre passant en fit autant, les habitants des maisons voisines se mirent aux fenêtres. Cet émoi semblait l'œuvre d'un seul homme, qui hurlait de rage et de désespoir, comme une lionne à qui l'on a volé ses petits, et Francis ne fut pas moins surpris qu'effrayé d'entendre son nom s'élever au milieu d'une volée de jurons en anglais. Son premier mouvement fut de retourner en arrière ; mais, se rappelant l'avis de Miss Vandeleur, il pensa que le mieux était de hâter le pas, et il se remettait en marche, quand le dictateur, tête nue, cheveux au vent, criant et gesticulant, passa à côté de lui comme un boulet de canon.

— Je l'ai échappé belle ! pensa Francis. Je ne sais pas ce qu'il peut me vouloir, mais il n'est certes pas bon à fréquenter pour le quart d'heure, et je ferai mieux d'obéir à Miss Vandeleur.

Il retourna sur ses pas pour prendre une rue latérale et gagner la rue Lepic, se laissant poursuivre de l'autre côté. Le calcul était mauvais. Il n'avait en réalité qu'une chose à faire : entrer dans le plus proche café, et laisser passer le gros de l'orage. Mais, outre que Francis n'avait pas l'expérience de la guerre, sa conscience très nette ne lui faisait appréhender rien de plus qu'une entrevue désagréable, chose dont il lui semblait avoir fait ce soir-là un apprentissage plus que suffisant. Il se sentait endolori de corps et d'esprit et se dit à lui-même que Mr. Vandeleur possédait une langue bien venimeuse.

Le souvenir de ses contusions lui rappela tout à coup

que son chapeau était resté dans sa chambre et que ses vêtements avaient tant soit peu souffert de son passage à travers les branches du marronnier. Il entra dans le premier magasin venu, acheta un chapeau de feutre à larges bords et fit réparer sommairement le désordre de sa toilette. Quant au gage de Miss Vandeleur, toujours dissimulé sous son mouchoir, il l'avait mis en sûreté dans la poche de son pantalon.

À quelques pas de la boutique, il sentit un choc soudain : une main s'abattit sur son épaule, tandis qu'une bordée d'injures lui entrait dans les oreilles. C'était le dictateur, qui, ayant renoncé à rattraper sa proie, remontait chez lui par la rue Lepic. Francis était un robuste garçon, mais il ne pouvait lutter ni de force ni d'adresse avec un tel adversaire ; après quelques efforts stériles, il se rendit.

— Que me voulez-vous ? demanda-t-il.

— C'est ce que vous saurez là-bas, répondit l'autre d'un air fa-rouche. Et il entraîna le jeune homme du côté de la maison aux persiennes vertes.

Tout en paraissant renoncer à la lutte, Francis guettait l'instant propice pour se sauver. D'une brusque secousse, il se dégagea, laissant le col de son paletot dans la main de son agresseur, et il reprit sa course dans la direction du boulevard.

Les chances étaient retournées ; si John Vandeleur était le plus fort, Francis était de beaucoup le plus agile des deux, et il fut bientôt perdu dans la foule. Il reprit haleine un instant, puis, de plus en plus intrigué et inquiet, il continua de marcher rapidement jusqu'à la place de l'Opéra, éclairée comme en plein jour par la lumière électrique.

— Voilà qui suffirait, je pense, à Miss Vandeleur, se dit-il.

Tournant à droite, il suivit le boulevard, entra au *Café* et demanda un bock. L'établissement était à peu près désert ;

il était trop tôt ou trop tard pour les habitués. Deux ou trois messieurs étaient dispersés à des tables isolées ; mais Francis, absorbé dans ses propres réflexions, ne remarqua pas leur présence.

Il s'installa dans un coin et tira le mouchoir de sa poche : l'objet qu'entourait ce mouchoir se trouva être un élégant étui en maroquin, qui, s'ouvrant par un ressort, découvrit aux yeux épouvantés du jeune homme un diamant de taille monstrueuse et d'un éclat extraordinaire. Le fait était si parfaitement inexplicable, la valeur de cette pierre si évidemment exceptionnelle, que le jeune Scrymgeour resta pétrifié, anéanti, les yeux rivés sur l'écrin grand ouvert, dans l'attitude d'un homme frappé d'idiotisme.

Une voix, calme et impérieuse tout ensemble, lui glissa ces mots :

— Fermez cet écrin et faites bonne contenance.

En levant les yeux, Francis vit devant lui un homme de la physionomie la plus distinguée, jeune encore et vêtu avec une élégante simplicité ; il avait quitté l'une des tables voisines et, apportant son verre, était venu s'asseoir près de Francis.

— Fermez cet écrin, répéta l'étranger, et remettez-le dans votre poche, où je suis persuadé qu'il n'aurait jamais dû se trouver. Tâchez de perdre cet air abasourdi et traitez-moi comme si j'étais une personne de votre connaissance, rencontrée par hasard. Allons, vite, trinquez avec moi. Voilà qui est mieux. Vous n'êtes qu'un amateur, monsieur, je suppose ?

L'inconnu prononça ces mots avec un sourire plein de sous-entendus et se renversa sur sa chaise en lançant dans l'air une ample bouffée de tabac.

— Pour l'amour de Dieu, dit Francis, apprenez-moi qui vous êtes et ce que veut dire tout ceci. J'obéis à vos injonctions, et vraiment je ne sais pas pourquoi ; mais j'ai traversé ce soir tant d'aventures bizarres, et tous ceux que je rencontre se conduisent si singulièrement, que j'en arrive à croire que j'ai perdu la tête ou que je voyage dans une autre planète. Votre physionomie m'inspire confiance, monsieur ; vous paraissez être un homme d'expérience, sage et bon ; dites-moi pourquoi vous m'abordez ainsi.

— Chaque chose en son temps, répondit l'étranger ; j'ai le pas sur vous. Commencez par me dire, vous, comment il se fait que le diamant du Rajah soit en votre possession.

— Le diamant du Rajah ! répéta Francis.

— À votre place je ne parlerais pas si haut. Oui, monsieur, le diamant du Rajah ; c'est lui que vous avez dans votre poche, et cela sans aucun doute. Je le connais bien, l'ayant vu plus de vingt fois dans la collection de Sir Thomas Vandeleur.

— Sir Thomas Vandeleur ?... Le général... mon père !

— Votre père ! Je ne savais pas que le général Vandeleur eût des enfants.

— Monsieur, je suis fils naturel, répondit Francis en rougissant.

L'autre s'inclina d'un air grave : ce fut le salut d'un homme qui s'excuse silencieusement auprès de son égal, et Francis se sentit aussitôt rassuré, réconforté, toujours sans savoir pourquoi. La présence de cet inconnu lui faisait du bien et lui inspirait confiance ; il lui semblait toucher la terre ferme. Un sentiment de respect involontaire le poussa tout à coup à ôter son chapeau, comme s'il se fût trouvé en présence d'un supérieur.

— Je vois, dit l'étranger, que vos aventures n'ont pas été d'un genre précisément pacifique. Votre col est déchiré, votre visage porte des égratignures et vous avez une blessure à la tempe. Peut-être excuserez-vous ma curiosité si je vous demande de m'expliquer la cause de ces accidents et comment il se fait qu'un objet volé de pareille valeur se trouve dans votre poche.

— Détrompez-vous, repartit Francis avec beaucoup de

vivacité ; je ne possède aucun objet volé. Si vous faites allusion au diamant, je l'ai reçu, il n'y a pas une heure, des mains mêmes de Miss Vandeleur, rue Lepic.

— Miss Vandeleur ! Rue Lepic ! Vous m'intéressez plus que vous ne croyez, monsieur. Continuez, je vous prie.

— Ciel !... s'écria Francis.

Un éclair venait de traverser sa mémoire. N'avait-il pas vu Mr. Vandeleur plonger sa main dans le gilet de son convive évanoui pour y saisir quelque chose ? Ce quelque chose, il en avait maintenant la certitude, c'était un étui en maroquin !

— Vous trouvez une piste ? demanda l'étranger.

— Écoutez, répondit Francis ; je ne sais qui vous êtes, mais je vous crois capable de me venir en aide. Je suis dans une situation inextricable, j'ai besoin de conseil et d'appui ; puisque vous m'y invitez, je vais tout vous dire.

Et il lui raconta brièvement son odyssée depuis le jour où il avait été appelé chez l'avoué, à Édimbourg.

— Cette histoire n'est pas banale, dit l'étranger, quand le jeune homme eut fini, et votre position est certainement scabreuse. Bien des gens vous conseilleraient de chercher votre père pour lui remettre le diamant ; quant à moi, j'ai d'autres vues.

— Garçon ! cria-t-il.

Le garçon arrive.

— Priez le directeur de l'établissement de venir me parler, lui ordonna t-il.

Dans son accent, dans son attitude, Francis reconnut de nouveau l'habitude évidente du commandement. Le garçon s'éloigna et revint bientôt suivi du gérant de l'endroit, qui se confondait en saluts obséquieux.

— Ayez la bonté de dire à monsieur mon nom, fit l'étranger en désignant Francis.

— Monsieur, dit le fonctionnaire en s'adressant au jeune

Scrymgeour, vous avez l'honneur d'être assis à la même table que Son Altesse le prince Florizel de Bohême.

Francis se leva précipitamment et s'inclina devant le prince, qui le pria de se rasseoir.

— Merci, dit le prince Florizel au gérant ; je suis fâché de vous avoir dérangé pour si peu de chose.

Et, d'un signe de la main, il le congédia.

— Maintenant, reprit-il en se tournant vers Francis, donnez-moi le diamant.

L'écrin lui fut remis aussitôt en silence.

— Très bien ; vous agissez sagement. Toute votre vie vous vous féliciterez de vos infortunes de ce soir. Un homme, Mr. Scrymgeour, peut être assailli par des difficultés sans nombre ; mais, s'il a l'intelligence saine et le cœur vaillant, il sortira de toutes avec honneur. Ne vous tourmentez plus ; vos affaires sont entre mes mains, et, avec l'aide de Dieu, je saurai les amener à une heureuse issue. Suivez-moi, s'il vous plaît, jusqu'à ma voiture.

Le prince se leva et, laissant une pièce d'or au garçon, il conduisit le jeune homme à quelques pas du café, où l'attendaient deux domestiques sans livrée et un coupé fort simple.

— Cette voiture, dit-il à Francis, est à votre disposition. Rassemblez vos bagages le plus promptement possible, et mes domestiques vous conduiront à une villa des environs de Paris où vous pourrez attendre tranquillement la conclusion de vos affaires. Vous trouverez là un jardin agréable, une bibliothèque bien composée, un cuisinier passable, de bons vins et quelques cigares que je vous recommande. Jérôme, ajouta-t-il, se tournant vers un des laquais, vous avez entendu ce que je viens de dire ; je vous confie Mr. Scrymgeour, vous veillerez à ce qu'il soit bien traité.

Francis balbutia quelques phrases de reconnaissance.

— Il sera temps de me remercier, dit le prince, quand

votre père vous aura reconnu et que vous épouserez Miss Vandeleur.

Sur ces mots, il s'éloigna, sans se presser, dans la direction de Montmartre. Un fiacre passait, il y monta en jetant une adresse au cocher ; un quart d'heure après, ayant congédié son cocher à l'entrée de la rue, il sonnait à la porte de Mr. Vandeleur.

La grille fut ouverte avec précaution par le dictateur lui-même.

— Qui êtes-vous ? demanda-t-il.

— Vous excuserez cette visite tardive, Mr. Vandeleur.

— Votre Altesse est toujours la bienvenue, répondit le vieillard en s'effaçant.

Le prince pénétra dans le jardin, marcha droit à la maison et, sans attendre son hôte, ouvrit la porte du salon. Il y trouva deux personnes assises : l'une était Miss Vandeleur, les yeux rougis par des larmes récentes ; un sanglot la secouait encore de temps en temps. Dans l'autre personne, Florizel reconnut un jeune homme qui, quelques semaines auparavant, l'avait abordé au club pour lui demander des renseignements littéraires.

— Miss Vandeleur, dit Florizel en la saluant, vous paraissez fatiguée. Mr. Rolles, si je ne me trompe ? J'espère, monsieur, que vous avez tiré profit de l'étude de Gaboriau.

Le *clergyman* semblait absorbé dans des pensées amères ; il ne répondit pas et se contenta de saluer sèchement, tout en se mordant les lèvres.

— À quel heureux hasard dois-je l'honneur de recevoir la visite de Votre Altesse ? demanda Vandeleur qui arrivait derrière le prince.

— Je viens pour affaires et, quand j'aurai terminé avec vous, je prierai Mr. Rolles de m'accompagner dans une petite promenade. Mr. Rolles, je vous ferai remarquer, par parenthèse, que je ne suis pas encore assis.

Le jeune ecclésiastique sauta sur ses pieds en s'excusant ; là-dessus le prince prit un fauteuil près de la table, tendit son chapeau à Vandeleur, sa canne à Rolles et, les laissant debout près de lui, s'exprima en ces termes :

— Je suis venu pour affaires, comme je vous l'ai dit ; mais, si j'étais venu pour mon plaisir, j'aurais été fort mécontent de votre accueil. Vous, Mr. Rolles, vous avez manqué de respect à votre supérieur ; vous, Vandeleur, vous me recevez le sourire aux lèvres, tout en sachant fort bien que vos mains ne sont pas pures. Je prétends ne pas être interrompu, monsieur, ajouta-t-il impérieusement, je suis ici pour parler et non pour écouter ; je vous prie donc de m'entendre avec respect et de m'obéir à la lettre. Dans le plus bref délai possible, votre fille épousera, à l'ambassade, Francis Scrymgeour, mon ami, fils reconnu de votre frère. Vous m'obligerez en donnant au moins dix mille livres sterling de dot. Quant à vous, je vous destine une mission de quelque importance dans le royaume de Siam, et je vous en aviserai par écrit. Maintenant, monsieur, répondez en deux mots. Acceptez-vous, oui ou non, ces conditions ?

— Votre Altesse me permettra de lui adresser humblement deux objections, dit Vandeleur.

— Je vous le permets, répondit le prince.

— Votre Excellence a appelé Mr. Scrymgeour son ami ; si j'avais soupçonné qu'il fût l'objet d'un si grand privilège, je l'aurais traité avec un respect proportionné à cette faveur.

— Vous interrogez adroitement, dit le prince ; mais je ne me laisse pas prendre à vos insinuations perfides. Vous avez mes ordres : n'eussé-je vu jamais avant ce soir la personne en question, ils n'en seraient pas moins catégoriques.

— Votre Altesse interprète ma pensée avec sa finesse habituelle, reprit Vandeleur, et il ne me reste plus à ajouter que ceci : j'ai malheureusement mis la police aux trousses de Mr. Scrymgeour ; dois-je retirer ou maintenir mon accusation de vol ?

— À votre guise ; c'est affaire entre votre conscience et les lois de ce pays. Donnez-moi mon chapeau ; et vous, Mr. Rolles, suivez-moi. Miss Vandeleur, je vous souhaite le bonsoir. Votre silence, ajouta-t-il en s'adressant à Vandeleur, équivaut, n'est-ce pas, à un consentement formel ?

— Puisque je ne puis faire autrement, je me soumets ; mais je vous préviens franchement, mon prince, que ce ne sera pas sans une dernière lutte.

— Prenez garde, dit Florizel, vous êtes vieux et les années sont peu favorables aux méchants ; votre vieillesse sera plus mal avisée que la jeunesse des autres. Ne me provoquez pas, ou vous me trouverez autrement rigoureux que vous ne l'imaginez. C'est la première fois que j'ai dû me mettre en travers de votre route ; veillez à ce que ce soit la dernière.

Sur ces mots, Florizel sortit du salon en faisant signe au *clergyman* de le suivre. Le dictateur les accompagna avec une lanterne et se mit à ouvrir une fois de plus les divers systèmes de fermeture si compliqués derrière lesquels il s'était cru à l'abri de toute intrusion.

— Maintenant que votre fille ne peut plus m'entendre, dit le prince en se retournant sur le seuil, laissez-moi vous dire que j'ai compris vos menaces. Vous n'avez qu'à lever la main pour amener sur vous une ruine immédiate et irrémédiable.

Le dictateur ne répondit pas, mais à peine le prince lui eut-il tourné le dos qu'il lança un geste de menace plein de haine furieuse ; puis, tournant le coin de la maison, il courut de toute la vitesse de ses jambes jusqu'à la station de voitures la plus proche.

Ici, dit mon auteur arabe, le fil des événements s'écarte une fois pour toutes de la maison aux persiennes vertes ; encore une aventure, et nous en aurons fini avec le Diamant du Rajah. Ce dernier anneau de la chaîne est connu parmi les habitants de Bagdad sous le nom d'AVENTURE DU PRINCE FLORIZEL ET D'UN AGENT DE POLICE.

Aventure du prince Florizel et d'un agent de police

Le prince Florizel ne quitta Mr. Rolles qu'à la porte du modeste hôtel où logeait ce dernier. Ils causèrent beaucoup et le jeune homme fut plus d'une fois ému jusqu'aux larmes par la sévérité mêlée de bienveillance que le prince mit dans ses reproches.

— Ma vie est perdue, dit-il enfin. Venez à mon secours ; dites-moi ce que je puis faire. Je n'ai, hélas ! ni les vertus d'un prêtre ni le savoir-faire d'un fripon.

— Maintenant que vous êtes humilié, dit Florizel, je n'ai plus à vous donner d'ordres ; le repentir se traite avec Dieu et non avec les princes, mais si vous me permettez un conseil, partez pour l'Australie comme colon, cherchez une occupation active, travaillez de vos bras, au grand air, tâchez d'oublier que vous avez été prêtre, tâchez d'oublier l'existence de cette pierre maudite.

— Maudite, en effet. Où est-elle maintenant, et quels nouveaux malheurs prépare-t-elle à l'humanité ?

— Elle ne fera plus de mal à personne, elle est dans ma poche. Vous voyez, ajouta le prince en souriant, que votre repentir, si jeune qu'il soit, m'inspire confiance.

— Que Votre Altesse me permette de lui toucher la main, murmura Mr. Rolles.

— Non, répondit Florizel, pas encore.

Le ton qui accompagna ces derniers mots sonna éloquemment à l'oreille du coupable ; quand, quelques minutes après, le prince s'éloigna, il le suivit longtemps des yeux en appelant les bénédictions célestes sur cet homme de bon conseil.

Pendant plusieurs heures, le prince arpenta seul les rues les moins fréquentées. Il était fort perplexe. Que faire de ce diamant ? Fallait-il le rendre à son propriétaire, qu'il jugeait indigne de le posséder ? Fallait-il, par quelque mesure radicale et courageuse, le mettre pour toujours hors de la portée des convoitises humaines ? Qu'il fût tombé entre ses mains par un dessein providentiel, ce n'était pas douteux, et, en le regardant sous un bec de gaz, Florizel fut frappé plus que jamais de sa taille et de ses reflets extraordinaires ; c'était décidément un fléau menaçant pour le monde.

« Que Dieu me vienne en aide ! pensa-t-il. Si je persiste à le regarder, je vais le convoiter moi-même. »

Enfin, ne sachant quel parti prendre, il se dirigea vers l'élégant petit hôtel que sa royale famille possédait depuis des siècles sur le quai. Les armes de Bohême sont gravées au-dessus de la porte et sur les hautes cheminées ; à travers une grille, les passants peuvent apercevoir des pelouses veloutées et garnies de fleurs ; une cigogne, seule de son espèce dans Paris, perche sur le pignon et attire tout le jour un cercle de badauds ; des laquais à l'air grave vont et viennent dans la cour ; de temps à autre la grande grille s'ouvre et une voiture roule sous la voûte. À divers titres, cet hôtel était la résidence favorite du prince Florizel ; il n'y arrivait jamais sans éprouver le sentiment du chez-soi qui est une jouissance si rare dans la vie des grands. Le soir dont il est question, ce fut avec un plaisir particulier qu'il revit ses fenêtres doucement éclairées.

Comme il approchait de la petite porte par laquelle il

entrait toujours lorsqu'il était seul, un homme sortit de l'ombre et lui barra le passage avec un profond salut.

— Est-ce au prince Florizel de Bohême que j'ai l'honneur de parler ?

— Tel est mon titre, monsieur. Que me voulez-vous ?

— Je suis un agent, chargé par Mr. le Préfet de police de remettre cette lettre à Votre Altesse.

Le prince prit le pli qu'on lui tendait et le parcourut rapidement à la lueur du réverbère ; c'était, dans les termes les plus polis et les plus respectueux, une invitation à suivre immédiatement à la préfecture le porteur de la lettre.

— En d'autres termes, dit Florizel, je suis arrêté ?

— Oh ! rien ne doit être plus éloigné, j'en suis sûr, des intentions réelles de Mr. le Préfet. Ce n'est pas un mandat d'amener, mais une simple formalité dont on s'excusera certainement auprès de Votre Altesse.

— Et si je refusais de vous suivre ?

— Je ne puis dissimuler à Votre Altesse que tous pouvoirs m'ont été donnés, répondit l'agent en s'inclinant.

— Sur mon âme, votre audace me confond. Vous n'êtes qu'un agent et je vous pardonne, mais vos chefs auront à se repentir de leur conduite. Quel est le motif de cet acte impolitique ? Remarquez que ma détermination n'est pas prise et peut dépendre de la sincérité de votre réponse ; rappelez-vous aussi que cette affaire n'est pas sans gravité.

— Votre Altesse, dit l'agent fort embarrassé, le général Vandeleur et son frère ont osé accuser le prince Florizel d'un vol, s'il faut dire le mot. Le fameux diamant, prétendent-ils, serait entre ses mains. Une simple dénégation de la part de Votre Altesse suffira naturellement à convaincre Mr. le Préfet ; je vais même plus loin : que Votre Altesse fasse à un subalterne l'honneur de lui déclarer qu'elle n'est pour rien dans cette affaire, et je demanderai la permission de me retirer sur-le-champ.

Le prince n'avait jusqu'alors considéré cet incident que comme une bagatelle, fâcheuse uniquement au point de vue de ses conséquences internationales. Au nom de Vandeleur, la réalité lui apparut dans toute son horreur : non seulement il était arrêté, mais il était coupable ! Il ne s'agissait pas d'une aventure plus ou moins désagréable, mais d'un péril imminent pour son honneur. Que faire ? Que dire ? Le diamant du Rajah était en vérité une pierre maudite et il semblait à Florizel qu'il dût être la dernière victime de son sinistre pouvoir.

Une chose était certaine : il ne pouvait donner à l'agent l'assurance qu'on lui demandait et il fallait gagner du temps. Son hésitation ne dura pas une seconde.

— Soit, dit-il, puisqu'il en est ainsi, allons ensemble à la Préfecture.

L'agent s'inclina de nouveau et suivit le prince à distance respectueuse.

— Approchez, dit Florizel, je suis disposé à causer ; d'ailleurs, si je ne me trompe, ce n'est pas la première fois que nous nous rencontrons.

— Votre Altesse m'honore en se souvenant de ma figure ; il y a huit ans que je ne l'avais rencontrée.

— Se rappeler les physionomies, c'est une partie de ma profession comme c'est aussi une partie de la vôtre. De fait, un prince et un agent de police sont des compagnons d'armes ; nous luttons tous deux contre le crime ; seulement vous occupez le poste le plus dangereux tandis que j'occupe le plus lucratif, néanmoins les deux rôles peuvent être honorablement remplis. Je vais peut-être vous étonner, mais sachez que j'aimerais mieux être un agent de police capable qu'un prince faible et lâche.

L'officier parut infiniment flatté.

— Votre Altesse, balbutia-t-il, rend le bien pour le mal et il répond à un acte terriblement présomptueux par la plus aimable condescendance.

— Qu'en savez-vous ? Je cherche peut-être à vous corrompre.

— Dieu me garde de la tentation !

— J'applaudis à votre réponse ; elle est d'un homme sage et honnête. Le monde est grand ; il est rempli de choses faites pour nous séduire, et il n'y a pas de limites aux récompenses qui peuvent s'offrir. Quiconque refuserait un million en argent, vendrait peut-être son honneur pour un royaume ou pour l'amour d'une femme. Moi qui vous parle, j'ai connu des provocations, des tentations tellement au-dessus des forces humaines, que j'ai été heureux de pouvoir comme vous me confier à la garde de Dieu. C'est grâce à ce secours journellement imploré que nous pouvons, vous et moi, marcher aujourd'hui côte à côte avec une conscience qui ne nous reproche rien.

— J'avais toujours entendu dire que Votre Altesse était la bravoure même, fit l'agent, mais j'ignorais que le prince Florizel fût religieux en outre. Ce qu'il dit là est bien vrai. Oui, le monde est un champ de bataille et on y rencontre de rudes épreuves.

— Nous voici au milieu du pont, dit Florizel ; appuyez-vous au parapet et regardez. De même que les eaux courent et se précipitent, de même les passions et les circonstances compliquées de la vie emportent dans leur torrent l'honneur des cœurs faibles. Je veux vous raconter une histoire.

— Aux ordres de Votre Altesse, répondit l'agent.

Et, imitant le prince, il s'accouda sur le parapet. La ville était déjà endormie ; tout faisait silence ; sans les nombreuses lumières et la silhouette des maisons qui se dessinait sur le ciel étoilé, ils auraient pu se croire dans une campagne solitaire.

— Un officier, commença Florizel, un homme plein de courage et de mérite, qui avait su déjà s'élever à un rang éminent et conquérir l'estime de ses concitoyens, visita, dans une heure funeste, les collections de certain prince indien. Là, il vit un diamant d'une beauté si extraordinaire que dès lors une seule pensée remplit son esprit et dévora sa vie pour ainsi dire ; honneur, amitié, réputation, amour de la patrie, il se sentit prêt à tout sacrifier pour posséder ce morceau de cristal étincelant. Pendant trois années il servit un potentat à demi barbare comme Jacob servit Laban ; il viola les frontières, il se rendit complice de meurtres, d'attentats de toute sorte, il fit condamner et exécuter un de ses frères d'armes qui avait eu le malheur de déplaire au Rajah par son honnête indépendance ; finalement, à une heure où la patrie était en danger, il trahit un des corps qui lui étaient confiés et le laissa écraser par le nombre. À la fin de tout cela, il avait récolté une magnifique fortune et il revint chez lui rapportant le diamant si longtemps envié.

Des années se passèrent, et un jour le diamant s'égara d'aventure. Il tomba entre les mains d'un jeune étudiant, simple, laborieux, se destinant au sacerdoce et promettant déjà de se distinguer dans cette carrière de dévouement. Sur lui aussi, le mauvais sort est jeté aussitôt ; il abandonne tout, sa vocation, ses études, et s'enfuit avec le joyau corrupteur en pays étranger. L'officier a un frère, homme audacieux et sans scrupules, qui découvre le secret du jeune ecclésiastique. Celui-là va-t-il prévenir son frère, avertir la police ? Non, le charme diabolique agira encore sur lui, il veut posséder seul le trésor. Au risque de le tuer, il endort au moyen d'une drogue le *clergyman*, attiré dans sa maison par une ruse, et il profite de cette torpeur pour lui voler sa proie. Après une suite d'incidents qui seraient ici sans intérêt, le diamant passe aux mains d'un autre homme, qui, terrifié de ce qu'il voit, le confie à un personnage haut placé et à l'abri de tout reproche...

— L'officier, continua Florizel, s'appelle Thomas Vandeleur ; la pierre précieuse et funeste, c'est le diamant du Rajah, et ce diamant, vous l'avez devant vos yeux, ajouta-t-il en ouvrant brusquement la main.

L'agent recula, éperdu, avec un grand cri.

— Nous avons parlé de corruption, reprit Florizel ; pour moi cet objet est aussi repoussant que s'il grouillait de tous les vers du sépulcre, aussi odieux que s'il était formé de sang humain, du sang de tant d'innocents qui coula par sa faute ; ses feux sont allumés au feu de l'enfer et, quant aux crimes, aux trahisons qu'il a pu suggérer dans les siècles passés, l'imagination ose à peine les concevoir. Depuis trop d'années il a rempli sa noire mission, c'est assez de vies sacrifiées, c'est assez d'infamies. Toutes choses ont un terme, le mal comme le bien et, quant à ce diamant, que Dieu me pardonne si j'agis mal, mais il verra ce soir la fin de son empire.

Ce disant, Florizel fit un mouvement rapide de la main, le diamant décrivit un arc lumineux, puis alla tomber dans la Seine. L'eau jaillit alentour et il disparut.

— Amen, dit gravement Florizel, j'ai tué un cocatrix.

— Qu'avez-vous fait ! s'écria en même temps l'agent de police, hors de lui. Je suis un homme perdu.

— Bon nombre de gens bien placés à Paris pourraient vous envier votre ruine, repartit le prince avec un sourire.

— Hélas ! Votre Altesse me corrompt, moi aussi, après tout !

— Que voulez-vous, je n'y pouvais rien ! Maintenant, allons à la Préfecture.

Peu après, le mariage de Francis Scrymgeour et de Miss Vandeleur fut célébré sans bruit, le prince faisant office de témoin. Les deux Vandeleur eurent vent, sans doute, du sort de leur butin, car d'énormes travaux de draguage dans la Seine firent l'étonnement et la joie des flâneurs ; ces travaux pourront continuer longtemps, puisqu'une mauvaise chance a voulu jusqu'ici qu'on opérât sur l'autre bras de la rivière. Quant au prince, ce sublime personnage ayant maintenant joué son rôle, il peut, avec l'auteur arabe, disparaître dans l'espace. Pourtant, si le lecteur désire des informations plus précises, je suis heureux de lui faire savoir qu'une récente révolution a précipité Florizel du trône de Bohême, par suite de ses absences prolongées et de son édifiante négligence en ce qui concernait les affaires publiques. Il tient à présent, dans Rupert Street, une boutique de cigares très fréquentée par d'autres réfugiés étrangers. Je vais là de temps en temps fumer et causer un brin, et je trouve toujours en lui l'être magnanime qu'il était aux jours de sa prospérité ; il conserve derrière son comptoir un port olympien, et bien que la vie sédentaire commence à marquer sous son gilet, il est encore incontestablement le plus beau des marchands de tabac de Londres.